Zita Neuhaus
Dem Taugenichts sein Lied

c.f.p

Zita Neuhaus

Dem Taugenichts sein Lied

c.f.PORTMANN**VER**l**AG**

Deutsche Erstausgabe 2016
Copyright © 2016 Zita Neuhaus

Alle Rechte, auch die der Übersetzung, vorbehalten.
Ohne ausdrückliche, schriftliche Genehmigung des Autors
dürfen weder das Buch noch Teile daraus in irgendeiner Form
kopiert, vervielfältigt oder auf elektronische Speicher übertragen
werden. Zitatauszüge nur mit vollständiger Quellenangabe.

Lektorat: Katja Schmitter, Vallamand
Herstellung: C. F. Portmann Verlag, Küsnacht
Umschlagbild: Els Jegen, Basel

Gedruckt auf säurefreiem, chlorfrei gebleichtem Papier

Besuchen Sie uns im Internet:
www.cfportmann.ch

ISBN: 978-3-906014-31-9

Ein Stück Leben:
eine Geschichte
die erzählt wird
so – nebenbei
wie viele Geschichten
über die man lacht
über die man weint
die man wieder vergisst
und die sich ergiessen
im Strom der Zeit
wenn da die Steine
nicht wären
die Steine der Dummheit,
die dem Strom seinen Fluss nehmen
durch die Zeit

Jedes Leben hat seine Geschichten, jedes Leben ist Geschichte. Für die meisten von uns ist es selbstverständlich, ein Teil der eigenen Geschichte zu sein, diese zu kennen und sich ihrer bewusst zu sein. Die Erzählungen der Grosseltern, Verwandten, Eltern aus ihrer Kinder- und Jugendzeit helfen dabei, die eigene Geschichte einzuordnen und mit ihr die eigene Identität zu entwickeln. Nur wer seine Geschichte kennt, kann die Weite einer Zukunft sehen.

Was es für uns als Kinder und später als Erwachsene bedeutete, die Geschichten unserer Eltern kaum und gar nicht zu kennen, ist ein Teil dieses Buches. Es brauchte Jahre der Geduld, des Überzeugens, des Vertrauen-Gewinnens, des Zeit-Lassens – manchmal gar bis zum

Tod – bis ich von meinem Vater und seinen Geschwistern die Erlaubnis erhielt, einen Teil ihrer Geschichte zu erfahren, um so nach und nach die Geschichte meines eigenen Lebens aufdecken zu können.

Mein Vater und seine Geschwister befürchteten als ehemalige Verdingkinder mehr als alles andere, dass das Wissen um ihre Geschichte das Leben, das sie sich aufgebaut hatten, auf einen Schlag zerstören könnte. Zu gross war ihre Angst, der Stigmatisierung nicht entfliehen und kein würdiges Leben mehr führen zu können. Mehrmals drohte eine Tante noch im hohen Alter mit Selbstmord, sollte dieses Wissen an den Tag kommen. Doch die Geschichten des Lebens machen nicht vor der nächsten Generation Halt. Mir fehlte immer mehr das Verständnis dafür, was mein Leben geprägt hat, vor allem aber, wie sich meine Verhaltensweisen, Glaubenssätze und Abhängigkeiten entwickeln konnten. Die Mauer des Schweigens, die die Geschichte meines Vaters umgab, entpuppte sich immer wieder als scheinbar unüberwindbares Hindernis.

Im Rahmen des Projektes „Verdingkinder reden" meldete sich meine Tante und sprach erstmals über ihre Zeit als Verdingkind. Erst danach konnte sie auch mir ihre Geschichte erzählen und mein Onkel berichtete etwas von der Zeit, die er mit meinem Vater in derselben Familie verbracht hatte. Wir suchten in den Archiven nach Spuren der damaligen Massnahmen und Abläufe. Einige Archive fanden keine Spuren mehr. Sowohl die Gemeinde Oberschrot als auch die Pfarrei Plaffeien verweigerten erst die Suche nach Dokumenten: Anfragen wurden gar nicht beantwortet oder mit unpassenden Kommentaren zurückgeschickt. Auf telefonisches Nachfragen reagierte man vordergründig sehr verständnisvoll und unterstützend, um dann doch nichts zu tun. Alles sollte da bleiben, wo es war: unter dem Deckel. Erst auf grossen Druck hin wurde reagiert. Die Schicksale der ehemaligen Verdingkinder sind in vielen Orten für Gemeinde und Pfarrei nach wie vor „Nestbeschmutzergeschichten". Genau diese Haltung jedoch begründet die oben beschriebene Angst der Betroffenen, die bis heute andauert. Nach dem Unrecht, das den Kindern damals angetan wurde, wird durch Ignoranz und Vertuschung in Gemeinden und Pfarreien den Betroffenen das Erzählen ihrer Geschichten erschwert und das Unrecht auch an den nachkommenden Generationen weitergeführt! Wenn meine Tante Lena nach Rückschlägen bei der Aufarbeitung ihrer Kindheit immer wieder zusammengesunken dasitzt und flüstert: „Wir haben einfach nicht existiert. Wir waren einfach nicht da", dann hat sie Recht, es stimmt bis heute! Sie kämpft mit aller Kraft dafür, dass dieses Unrecht, diese Missachtung, nun endlich ein Ende hat, dass die Betroffenen mit ihrer Geschichte dort, wo sie leben, wahrgenommen und respektiert werden.

Aus diesem Grund verdient ihre Geschichte hier als Lenas Geschichte ihren Platz.

Die Erzählung beginnt mit meiner Grossmutter Maria. Über sie weiss ich lediglich, woran sich meine Tanten noch zu erinnern vermochten. Auch sie und ihre Geschwister wurden als Kinder weggegeben und getrennt, nachdem die Mutter die Familie verlassen hatte. Als

Frau musste sie sich, der damaligen Zeit gemäss, dem Mann und der Kirche fügen. Sie hat, wie unzählige Frauen in ihrer Situation, für sich und ihre Kinder gekämpft – vergeblich. Im Alter von 35 Jahren starb sie bei der Geburt des achten Kindes und mit ihr das Neugeborene. Ihre sieben Kinder wurden etwas später getrennt und verdingt, das älteste war 14, das jüngste etwas mehr als 1 Jahr alt.

Danach folgt die Geschichte Lenas und Johanns, des Bruders meines Vaters, stellvertretend auch für jene meines Vaters und der anderen Geschwister. Die beiden Brüder hatten bei Johanns Besuchen oft über ihre Kindheit und Jugend gesprochen. Dies geschah jedoch immer, wenn wir nicht anwesend waren. Später erzählte mir Johann etwas von seinen Erlebnissen, seine Aussagen blieben jedoch sehr spärlich. Gelitten hat auch er bis zum Schluss. Das Unrecht und die Wut wühlten ihn immer wieder heftig auf.

In meiner Erinnerung sind und waren die Schwestern meines Vaters starke Frauen, die mit Arbeit, Fleiss und Humor ihre Familien versorgten. Sie waren oft auf sich allein gestellt. Der Mann, der Vater war nicht immer da, wo er gebraucht wurde. Mein Vater Fritz, sein Bruder Johann sowie meine Tanten Lena und Louise haben alle ausserhalb der Heimat geheiratet und Familien gegründet.

Annas Geschichte erzählt, wie es mir als Kind ergangen ist, man erfährt mehr über die Rolle meiner Eltern in unserer Familie, über die Parallelen zwischen den

Generationen, das Weitergeben und Übernehmen von Werten und Verhaltensweisen, die das Verdingtsein gefördert und/oder hervorgebracht hatte, und wie uns all dies beeinflusst hat.

Durch die Erzählungen webt sich der Brief an meinen Vater. Pa war da, aber wirklich gekannt habe ich ihn nicht. Auch hier stellt sich die Frage: Wo war der Mann? Wo war der Vater? Er ging zur Arbeit – auf die Minute immer gleich, und kam auch auf die Minute heim, was für die Essenszubereitung nicht irrelevant war – brachte Mutter seine Lohntüte, erhielt daraus sein Taschengeld. Damit war für ihn der eine Teil seiner Aufgabe als Ernährer erledigt. Der andere Teil dieser Aufgabe war der Garten als Gemüselieferant. Darauf konnte ich mich als Kind verlassen: Es war genug zu Essen auf dem Tisch. Beim Zuschauen und Mithelfen lernte ich von ihm handwerkliche und gärtnerische Fertigkeiten. Doch den Menschen innerhalb des „Machers" kannte ich nicht. Als Vater brauchte er nicht viele Worte. Er befahl und man musste gehorchen: die aufgetragenen Arbeiten erledigen, das war das Wichtigste. Alles andere bestand für mich zum grossen Teil aus Gewissheiten. Ich hatte schon von klein an die Gewissheit, dass ich allein bin, dass mein Vater nie eine Schule betreten und sich für mich wehren würde. Ihn jedoch deswegen als Feigling anzusehen, wäre mir keinesfalls in den Sinn gekommen. Es war einfach so. Solche Gewissheiten gab es immer wieder, sie waren plötzlich da – in dem Moment unumstösslich: die Gewissheit, dass die „oberen Noten" (Ordnung, Disziplin, Fleiss) im Zeugnis mehr zählten als die unteren; die Gewissheit, dass ich das Gymnasium nicht besuchen konnte; die Gewissheit, dass ich Ehe- und Hausfrau oder jene, dass ich Lehrerin werden sollte. Über diese Dinge wurde geschwiegen, sie wurden allerhöchstens angesprochen, in einem Wort oder einem Satz. Dann war es einfach so, man wusste es.

Ich erinnere mich nicht an lange persönliche Gespräche mit meinem Vater. Man konnte mit ihm über Politik lange Diskussionen führen, beim Persönlichen jedoch fuhr er seine Mauer hoch – und schwieg.

Mit dem Brief äussere ich ihm gegenüber Gedanken, die ich ihm nie sagen, stelle Fragen, die ich ihm nie stellen konnte. Er wird sie nicht mehr beantworten können, aber diesmal spüre ich auch durch das Schweigen hindurch seine Hand auf meiner Schulter.

Gedichte von Els Jegen und mir untermalen die Erzählungen.

Personen und ihre beschriebene Zeit

1. Generation

Maria   Grossmutter. 1920 – 1935
Ruedi   Grossvater. 1920 – ≈ 1945

2. Generation

Alice   Tante. 4 Jahre ältere Schwester meines Vaters
Louise Tante. 1 Jahr ältere Schwester meines Vaters.
Lena   Tante. 3 Jahre jüngere Schwester meines Vaters. 1936 – ≈1950
Johann Onkel. 1 Jahr jüngerer Bruder meines Vaters. 1936 – ≈1945
Fritz   Vater. Das dritte der sieben Kinder, geboren nach Alice und Louise. 1926 – 1993, im Brief bis 2014.
Mirjam Mutter. 1957 – 2013

3. Generation

Anna   Ich. 1965 – 2014
Eugen   2 Jahre älterer Bruder
Peter   3 Jahre jüngerer Bruder

*Die Blume saugt den
eigenen Nektar
still
immer wieder
nicht schluckweise
Bäche, die rinnen
der Nektar im Innern
bitter, so bitter
umschlingt in seinen Bahnen
was nicht nach aussen
soll
bis der Geschmack versiegt
und nichts mehr
darauf wartet
auf die Süsse,
die nach aussen drängt.*

Ich sitze mit dir im Auto. Wir fahren nach Bern ins Spital. Es ist deine letzte Fahrt. Dein Weg zum Sterben. Im Wagen ist nur das Surren des Motors zu hören. Das Radio ist aus. Ich spüre deine Zurückgezogenheit. Wieder ziehst du um dich diesen abschliessenden Vorhang, so wie ich es seit jeher von dir kenne. Soll ich dich ansprechen? Was könnte ich dir sagen, was nicht schon diesen kleinen Raum erfüllt?

Welche Gedanken begleiten dich jetzt? Dein Blick liegt vor dir, nicht in der Ferne. Was siehst du da? Ist es immer noch das Buch deiner Vergangenheit? Jenes Buch, das immer bei uns war, das du jedoch nie für uns geöffnet hast. Es hat unser Leben, unseren Alltag geprägt.

Immer dann, als du dich zurückzogst, so wie jetzt – und das tatest du oft. Du wolltest uns die Seiten des Buches nicht zeigen, in denen du immer wieder versankst. Es sollte für uns verschlossen bleiben, um uns – und auch dir – eine andere Sicht auf das Leben zu ermöglichen.

Freundlichkeit und Hilfsbereitschaft waren dir wichtige Eckpfeiler. Ungerechtigkeiten machten dich wütend und traurig. Wie oft wolltest du eine Bombe aufs Bundeshaus werfen, wenn politische Entscheidungen auf Kosten der sozial Schwächeren gefällt wurden. Wie sehr habe ich mir gewünscht, dass du auch eine auf die Lehranstalt wirfst, die ich besuchte, und du dich so auch tatsächlich gewehrt hättest. Doch das war nicht möglich. Du hattest allzu früh gelernt, dass Leute wie du kein Gehör finden. Und du wolltest uns die demütigenden Erfahrungen ersparen, dass nicht alle Menschen die gleichen Rechte haben, dass es einer bestimmten Herkunft und eines bestimmten Namens bedarf, um dazuzugehören zu dieser einheimischen Gesellschaft. Musstest du eines Tages feststellen, dass sich diese Gesetze auch für deine Kinder nicht geändert haben – war es da, als du dein Leben aufgegeben hast?

Als es einfach nichts gab, was du hättest tun können! Diese Härte und Boshaftigkeit nach all den Erfahrungen deiner Kinder- und Jugendzeit erneut – und erst noch bei deinen Kindern – zu erleben, war dir unerträglich.

Die Fahrt scheint mir unendlich lang und doch nicht lang genug. Ich fürchte mich davor, in Bern anzukommen. Mein Kopf ist voller Fragen, die ich dir endlich stellen möchte. Die Stille im Auto wird schwerer und schwerer. Der Schleier deines Vorhangs ist geschlossen, die feinen Atemzüge nicht mehr zu hören. Wo bist du? Bleib dies eine Mal da! Meine Worte versinken in der Stille. Wie immer in diesen Momenten ist keine Verbindung möglich. Warum lässt du mich auch jetzt, dieses letzte Mal, allein? Ich versuche, meine Gedanken zu zähmen, in die Stille zu hören. Und da – aus dieser Stille – kam sie, deine Antwort. Zuerst ganz zaghaft, dann immer stärker bis zu ihrer ganzen Klarheit. Den Rest des Weges verband uns ein inneres Lächeln voller Liebe, Demut und tiefer Dankbarkeit.

Jetzt, Jahre nach unserer letzten gemeinsamen Fahrt, öffne ich dein Buch. Das Ringen um deine Erlaubnis war lang und schmerzvoll, deine Zustimmung dann aber umso deutlicher.

Ich bin fremd
in mir
fremd durch das Unausgesprochene,
durch das Einschliessen
all dessen,
was nicht sein darf.
Fremd sein
im Wissen,
dass es so ist –
das Fremd-Sein
in den Gedanken derer,
die ausschliessen.

War es im Frühjahr – oder doch im Herbst? Ich weiss es nicht mehr. Du musstest deinen geliebten Garten aufgeben. Er war dir all die Jahre der Ort des Rückzugs: Dort – im Kontakt mit der Erde und den Pflanzen – schienst du immer wieder Kraft zu tanken. Du konntest deinen eigenen Rhythmus leben. Und solange der Garten das Gemüse für die Familie hervorbrachte, konntest du etwas tun, etwas beitragen.

Wie oft schlepptest du uns als Kinder in dein Paradies zum Bräteln – jeder Frei- oder Feiertag wurde dazu genutzt. Wir hatten längst genug davon, doch keines traute sich, nicht zu kommen. Nicht zu kommen hätte bedeutet, deiner Arbeit keinen Wert beizumessen, deine Selbstachtung zu zerstören, vielleicht sogar das Leben als solches nicht zu achten. Der Garten war für dich ein Bild dieses Lebens. Du hattest zu oft Hunger gelitten um nicht zu wissen, was die Ernte eines Gartens bedeutete. Möglichst viele Gemüsesorten mussten Platz haben, ja keine Einseitigkeit. Als du merktest, wie sehr ich Zuckererbsen mochte, fehlten sie nie mehr in deinem Angebot. Noch als ich schon lange ausgezogen war, riefst du mich an, wenn sie reif waren. Und obwohl du eigentlich der Meinung warst, es sei Platz verschenkt, pflanztest du für Mutter eine Blumenrabatte dem Weg entlang, die du nicht minder hegtest wie das Gemüse.

Der Garten war Essen – Essen war Liebe, Geborgenheit, Wärme, Vertrauen, Kraft. Essen war Leben! Du wolltest uns dieses Leben geben. Es war unmöglich, nicht zum Bräteln zu kommen. Fleisch neben all dem Gemüse! Zu Anfang waren es Poulets – zu dieser Zeit erschwinglich und von gehobenem Ruf – unzählige Poulets! – Noch heute ertrage ich den Geruch kaum. Danach, als die Zeiten finanziell etwas besser wurden, waren es Rollbraten. So war der Kreislauf der Sättigung vollendet.

Und nun standen wir da – du und ich – und holten die letzten Habseligkeiten von diesem Ort, der dir so viel bedeutet hatte. Es war ein trüber, feuchter Tag. Wohl doch Herbst. Und wieder war es still! Wir sprachen kein Wort, während wir die paar Dinge noch einpackten. Ich erinnere mich auch hier an deine Abwesenheit. Du schienst in dich gekehrt und nahmst mich nicht mehr wahr. In deinen feuchten Augen stand die ganze Traurigkeit des Abschieds. Die Stille dauerte auch auf dem Heimweg an.

Ich wusste, dass du froh warst, nicht alleine zu sein. Doch deine Zurückgezogenheit schleuderte mich auch in meine eigene Einsamkeit. Ich fühlte mich unfähig, dich zu unterstützen. Ich wusste nicht, wo du warst, du hattest mich einmal mehr ausgeschlossen, du warst einfach nicht mehr da! Es war diese Art des Allein-gelassen-Werdens, mit der du mich in die tiefsten Abgründe der Traurigkeit und der Verzweiflung stiessest. Ich war da – und doch gab es mich nicht!

Die Geschichte –
sie ver-tritt Stellen,
stellt ver-treten,
was einmal war
in den Raum –
ver-tritt Personen
persönlich ver-treten,
was einmal war
im Raum –
sie ver-tritt Emotionen
emotional ver-treten
was einmal war
im Raum –
ver-tritt Werte, Stellenwerte
stellt Werte,
die immer noch sind
zer-treten
im Raum.

Maria wurde im Jahr 1900 im Bezirkshauptort geboren. Mit ihrem Bruder und ihrer Schwester verbrachte sie auf dem etwas abgelegenen Hof den ersten Teil ihrer Kindheit. Als die Mutter die Familie verliess, wurden die drei Kinder weggegeben. Maria kam zu ihrer Grossmutter ins Oberland, die Schwester und der Bruder zu Tanten in Nachbardörfer.

Die Krise der 1920er-Jahre machte sich auch auf dem Land bemerkbar: Lebensmittelknappheit und wenig Arbeit trieben die jungen Männer in die Fremde und die Frauen in die Ehe.

Maria war 21 Jahre alt und im achten Monat schwanger, als sie den neun Jahre älteren Ruedi aus dem Oberländer Dorf heiratete.

Ruedi war eine gute Partie. Die Ländereien seiner Eltern nährten die Hoffnung, der Armut zu entkommen.

Frühmorgens stand Maria in der Küche, um den Herd anzufeuern. Sie liebte diesen einzigen ruhigen Moment des Tages, zündete eine Kerze an, die auf dem welligen Holztisch stand, und öffnete das Fenster. Die kühle Luft liess das Kerzenlicht und ihre Gedanken flattern. Nach der Hochzeit brachte Ruedi sie in dieses Haus, das weit ausserhalb des Dorfes in der Senke einer kleinen Anhöhe stand. Nein, es war kein Haus, in dem sie nun seit 5 Jahren lebten, vielmehr ein Hühner- und ein Ziegenstall mit zwei angebauten Räumen. Im hinteren Teil lag die Schlafkammer, im vorderen die Küche. Die beiden Mädchen schliefen noch bei den Eltern in der Schlafkammer. Doch spätestens nach der Geburt des dritten Kindes, das sie bereits erwartete, würde es zu eng werden für alle. Die anderthalbjährige Louise musste dann mit der vierjährigen Alice im alten, ungeheizten Hühnerstall schlafen. Maria schauderte bei dem Gedanken. Sie legte ein Holzscheit auf die noch scheue Flamme, schloss die Ofentür und nahm den Holzeimer um die Ziegen zu melken.

Fritz wurde zur Sommersonnenwende 1926 geboren. Er schien gesund. Seine Gehbehinderung zeigte sich erst, als er laufen lernen sollte. Maria ging immer wieder mit ihm den langen Weg ins Dorf zum Arzt. Unterwegs prophezeiten ihr die Frauen stets: „Den bringst du nicht durch! Der überlebt das nicht!" Doch Maria liess sich nicht beirren. Am Abend legte sie dem Kleinen Wickel an, morgens rieb sie ihm die Salbe ein. So trug sie nun Fritz und seinen neugeborenen Bruder Johann auf dem Arm. Louise konnte ihr schon etwas im Haus helfen und Alice hütete die Ziegen.

Während Maria die kargen Gartenbeete hackte, legte sie Johann, geschützt vor den Ziegen, hinter den Gartenzaun und setzte Fritz daneben. Der Winter schien in diesem Jahr wieder kein Ende nehmen zu wollen. Es war bereits Anfang Juni, höchste Zeit die Saat in den Boden zu bringen, wenn es im Herbst eine Ernte geben sollte. Wenn nur etwas Kartoffeln für den Winter blieben, sorgte sich Maria. Es durften jedoch auch nicht zu viele sein: Sie wusste nicht, wo sie sie hätte lagern können. Der Keller stand ständig unter Wasser und in der Küche trieben sie viel zu schnell aus. Als ihr Blick zu Fritz und Johann ging, hangelte sich der Ältere gerade am wackligen Holzzaun hoch und versuchte ein paar Schritte in Richtung der Mutter zu gehen. Maria lächelte. Eines Tages würde er seine Beine so bewegen können wie die anderen, da war sie sich ganz sicher.

Der eisige Wind blies Maria die Schneeflocken ins Gesicht und liess ihren Körper unter dem dünnen Mantel zittern. Sie zog den alten Schal tiefer. Die klammen Hände hielten ihn kaum noch. Sie hatte gehofft, Ruedi käme noch zur Tageszeit heim. Doch sie hatte sich auch diesmal getäuscht. Er blieb immer länger im Wirtshaus.

Als sie endlich gehen konnte, war es längst dunkel an diesem Vorweihnachtsabend des Jahres 1934. Ruedi hatte sie erzählt, sie wolle vor Weihnachten noch zur Beichte. Mit den Kindern könne sie die Sonntagsmesse ja schon lange nicht mehr besuchen. Sein unzufriedenes Murren und Schimpfen hatte sie ignoriert. Sie musste heute zum Pfarrer, ihren Zweifeln und Nöten ein Ende bereiten! Die Blutungen wollten nicht stillen seit der Geburt ihres siebten Kindes im Februar. Vor zwei Monaten zwang sie die Schwäche schliesslich zum Arzt, der ihr sagte, sie dürfe keine Kinder mehr gebären. Diese Antwort hatte sie nicht erwartet! Wie stellte er sich das vor? Sollte sie ihrem Mann die eheliche Pflicht verweigern? Was würde ihr Mann, die Familie, das Dorf sagen? Wie sollte sie da je wieder eine Kirche betreten können? Nein, Maria hatte gehofft, der Arzt gäbe ihr ein Mittel zur Heilung und zur Stärkung. Dieser Bescheid jedoch hatte sie in tiefe Verzweiflung gestürzt. Die letzten Wochen rissen sie hin und her. Immer wieder nahm sie sich vor, Ruedis Begehren abzuwehren. Doch ihr Mann war stärker.

Maria ahnte, dass sie für eine weitere Schwangerschaft und Geburt zu schwach war. Deshalb hoffte sie, dass der Pfarrer ein Einsehen hatte und sie von ihren ehelichen Pflichten entband. Das würde vielleicht auch Ruedi einsehen.

Maria kam nur langsam voran, der Weg war unter der Schneedecke verschwunden. Als sie endlich vor der Tür des Pfarrhauses stand, musste sie mit dem Kopf die Glocke anstossen. Ihre klammen Hände spürte sie nicht mehr. Die Pfarrhaushälterin führte sie in ein kleines Zimmer gleich neben dem Eingang. In der Mitte des Raumes standen sich lediglich zwei Holzstühle gegenüber. Am Holzkreuz an der Wand hing ein viel zu grosser Gottessohn, dessen Anblick Maria in die Ecke drängte. Und obwohl das Zimmer ungeheizt war, spürte sie schmerzlich, wie sich ihr Körper langsam wieder erwärmte. Sie wusste nicht, wie lange sie schon in der Ecke stand, als endlich der Pfarrer eintrat. Auf dem Fussboden hatten ihre nassen Kleider eine Lache gebildet, die sich ihren Weg durch die Rinnen der Bretter bahnte. Der Pfarrer sah sie missbilligend an, setzte sich auf einen der Stühle, ohne ihr den anderen anzubieten. Er rückte ihn so vor ihr zurecht, dass sie in der Ecke stehen bleiben musste.

Mit einer Handbewegung deutete er ihr, sich niederzuknien. Maria gehorchte. Ihr war schwindlig vom langen Fussmarsch, von der Kälte, der Sorge. Nachdem ihr der Pfarrer die Beichte abgenommen hatte, erzählte sie ihm stockend ihr Anliegen. Sie blickte ihn flehend an. Er hatte sich bereits vom Stuhl erhoben, ihn wieder an seinen Platz gerückt. Nun stellte er sich vor der immer noch knienden Maria auf, so dass sie seine schweissnassen Füsse durch die dicken Filzpantoffeln riechen konnte. Seine Stimme schlug erbarmungslos auf sie nieder: „Du hast geheiratet, um Kinder zu gebären! Es wäre eine Todsünde, wenn du dich deinem Mann verweigern würdest! Geh jetzt!" Maria konnte ein Aufschluchzen nicht unterdrücken und sah bittend zum Geistlichen empor. „Eine Todsünde wäre es, denk daran!", herrschte dieser sie erneut an. Mit den Händen stützte sie sich an die Wand und stand langsam auf. Sie hob den Kopf, schaute dem Pfaffen in die Augen und verliess wortlos den Raum. Im noch dichter gewordenen Schneegestöber lief sie an den umliegenden Häusern vorbei. Beim letzten Heuschober am Rand des Dorfes sank sie zu Boden und weinte.

Es war einer dieser wunderschönen Frühsommermorgen, an denen die kühle Luft dem Himmel und der Erde die Klarheit verlieh, deren Weite bis in die Herzen dringt. Maria wollte mit Alice und Louise ihre Vettern besuchen. Nun, zu Beginn ihrer Schwangerschaft, war der lange Weg noch weniger beschwerlich. Der Besuch beim Pfarrer letzte Weihnacht machte ihr schmerzlich bewusst, dass sie sich ihrem Mann nicht verweigern konnte, wollte sie nicht ihre Familie gefährden. Sie packte etwas Proviant ein und weckte die Mädchen. Später würde die Nachbarin ab und zu nach den anderen Kindern sehen. Es war Freitag und Ruedi kam am Abend vom Forst in den Bergen zurück, wo er die Woche über arbeitete. Sie würde dann bei den Vettern übernachten und am nächsten Tag zurückkommen.

Den Besuch wollte Maria mit einer Bitte verbinden. Sie konnten nicht mehr in dem alten Haus bleiben. Die Kinder, ausser dem jüngsten, schliefen im alten Hühnerstall, den man im Winter nicht heizen konnte. Nachdem Ruedis Vater durch Bürgschaften alles verloren hatte und Maria seinen leblosen Körper am Dachstock hängend gefunden hatte, wollte sie nun ihre Vettern um Hilfe bitten. Vielleicht konnten sie ja vorübergehend bei ihnen unterkommen.

Der Marsch dauerte den ganzen Tag. Die 13-jährige Alice und die 10-jährige Louise hielten tapfer mit. Trotzdem brauchten sie bei dem heissen Wetter des Öfteren eine Pause. Sie genossen die herrliche Aussicht unterwegs und sangen sich über die Durststrecken hinweg.

Am späten Nachmittag erreichten sie das Haus der Vettern. „Das trifft sich gut!", rief der Ältere. „Endlich eine Frau im Haus! Du kannst gleich mit Kochen anfangen!" Maria schluckte den aufkommenden Ärger hinunter. Sie wusste, was sie erwartete. Als sie die Küche betrat, sah sie ihre Befürchtungen bestätigt. Es gab weder sauberes Geschirr noch saubere Pfannen, alles lag verschmutzt im Waschzuber. „Bring wenigstens ein paar Holzscheite fürs Feuer!", herrschte sie den jüngeren Vetter an, dessen Holzzoggeln sie hinter sich über den Boden nageln hörte. Mit einem mürrischen Brummen polterte er zur Türe hinaus, um etwas später mit zwei Scheiten zurückzukommen. Maria schüttelte den Kopf. Sie war sich ihres Anliegens plötzlich nicht mehr sicher. Wollte sie wirklich hierher? Mit den beiden im Haushalt würde das Zusammenleben auf eine harte Probe gestellt und sie hätte noch mehr Arbeit. Doch sie wusste nicht, wen sie sonst um Hilfe bitten könnte.

Die Dunkelheit legte sich bereits sanft über die Wiesen, als Maria die Pfanne auf den Tisch stellte. Alice und Louise stachen scheu mit ihren Holzlöffeln kleine Röstihappen aus der Pfanne, während die Vettern kräftig zulangten. Maria war zum Essen zu müde.

Sie brachte die Mädchen in ihr Schlafgemach. Alice und Louise freuten sich, in zwei Betten schlafen zu können. Vor Aufregung konnten die Mädchen trotz ihrer Müdigkeit nicht einschlafen. Noch lange hörten sie die Mutter in der Küche mit den Onkeln sprechen. Worum es wohl ging? Die Mutter sprach so leise, dass sie sie nicht verstanden. Doch sie hörten den eindringlichen, bittenden Ton in ihrer Stimme und die polternden Antworten der Onkel. Erst als es still wurde in der Küche und die Mutter die Kammer nebenan betrat, schliefen sie ein.

Als Maria ihre Töchter am nächsten Morgen aus der Kammer treten sah, wirkten sie völlig verstört. Die Mädchen hielten sich an den Händen, die Köpfe gesenkt. Sie traten zur Mutter und Alice sagte mit leiser Stimme: „Mama, das ist so klebrig an unseren Beinen. Es ist so klebrig." Maria verliess mit den Kindern das Haus, das nicht ihr neues Heim werden konnte.

Es wurde immer deutlicher, dass sie ins Armenhaus ziehen mussten, eine Vorstellung, die für Ruedi kaum zu ertragen war. Nicht selten liess er seine Wut, vor allem wenn er betrunken war, auch an Maria und den Kindern aus. Wenn Maria ins Dorf kam, wendeten sich die meisten von ihr ab und sie hörte das gehässige Tuscheln im Rücken. Im Dorfladen wurde nichts mehr für sie angeschrieben. „Ihr habt zu viele ins Elend gestürzt! Es geschieht euch nur recht, wenn ihr auch merkt, wie das ist!"

Sie hatte schon oft bemerkt, wie niedergeschlagen die Kinder von der Schule kamen, wie sie verstohlen die oft zerrissenen Kleider flickten oder die roten Hände unter dem Tisch versteckten.

Mondschein
Licht am dunklen Himmel
Voll und gross
vertrauensvoll
sicher
wissend, dass alles zusammengehört
– alles –

Sichel am dunklen Himmel
scharf, kantig
zum Mähen bereit
was im Wege steht
– alles –

Halbmond am dunklen Himmel
Halb
oder doch ganz?
unsicher
zögernd
zum Füllen bereit
auch zum Leeren
– alles –

Licht am dunklen Himmel
voll und ganz
immer wieder
immer neu
strahlend und
wissend,
dass nur die erkennen,
die bereit sind.

Lena. Ich wurde als fünftes Kind der Familie geboren. Wir wohnten zuerst in einem alten Haus etwas ausserhalb des Dorfes, das dem Grossvater gehörte. Der Keller war voller Wasser, unser Schlafzimmer war der alte Hühnerstall.

Der Grossvater verpflichtete sich für einige Familien aus dem Dorf als Bürge. Als diese Ende der 20er-Jahre in finanzielle Not gerieten, verlor er sein ganzes Hab und Gut. Er muss zutiefst verzweifelt gewesen sein. Unsere Mutter fand seinen leblosen Körper erhängt unter dem Dachstock.

Wir konnten also nicht mehr in dem alten Haus bleiben und kamen ins Armenhaus. Der Arzt hatte der Mutter dringend von weiteren Kindern abgeraten. Sie holte darauf Rat beim Pfarrer. Dieser wies sie darauf hin, dass sie geheiratet hätte, um Kinder zu bekommen. Es sei eine Todsünde, wenn sie keine Kinder mehr gebären würde. Einige Monate haben wir im Armenhaus gelebt, als unsere Mutter am 23. Dezember 1935 bei der Geburt des achten Kindes zusammen mit diesem starb. Nun stand anstelle des Weihnachtsbaumes der Sarg in der Stube. Der Pfarrer kam nicht, ebenso wenig jemand von den Behörden. Eine Nachbarin brachte uns einen Krug Milch und andere Besucher ab und zu ein Stück Lebkuchen.

Während der Beerdigung hütete uns eine Nachbarin, die ungefragt die schönen gehäkelten Bettdecken der Mutter als Entschädigung mitnahm.

Unser Vater trank oft und arbeitete während der Woche in den Bergen als Forstarbeiter. Auf die Dauer war dieser Zustand unhaltbar.

An einem Sonntagmorgen im Frühsommer 1936 wurden wir nach der Messe zur Anstatt, dem Platz neben der Kirche, geführt. Vor uns stand eine Menge Leute, die uns anstarrte. Wir hielten uns an den Händen, die ältere Schwester trug die Jüngste auf dem Arm. Die viel zu grossen Hüte rutschten den Brüdern über die Augen, so dass sie sie immer wieder zurechtrücken mussten. Keines von uns sagte ein Wort, nur das Zittern der schweissnassen kleinen Hände verriet unsere Angst. Wo war die älteste Schwester? Wo der Vater? Wir standen hier nur zu sechst, die Jüngste ein Jahr alt, die anderen vier- bis zwölfjährig. Was ging hier vor? Wir wurden ausgerufen. Es kamen Männer, die uns von Kopf bis Fuss begutachteten. Nach einer Weile, die uns wie eine Ewigkeit erschien, zerstob die Menge. Da war der Vater. Er, der Armenvater und ein Gemeinderat nahmen Johann mit. Sie berieten, was sie mit dem eher schwächlichen Knaben, den niemand wollte, machen sollten. Danach durften wir wieder nach Hause, ins Armenhaus.

Die älteste Schwester, 14 Jahre alt, war bereits vor der Verteilung vergeben gewesen. Ein Mädchen, das arbeiten konnte, war schnell untergebracht.

Wenig später erfuhren wir, wo die jüngste Schwester hinkommt. Zwei Frauen holten sie, da sie ja noch nicht richtig laufen konnte. Uns haben die beiden keines Blickes gewürdigt. Sie nahmen einfach das Mädchen und sind gegangen. Papa verliess mit einer anderen Schwester das Haus. Ich sah sie nicht weggehen, auch die beiden Brüder und die älteste Schwester waren plötzlich fort.

Eines Tages, ich war 7 Jahre alt, erwachte ich auf einer Ofenbank. Ich wusste nicht, wo ich war und wie ich da hingekommen bin. Es war das Haus meiner Paten, die ich vorher noch nie gesehen hatte. Als mich bei der Anstatt niemand wollte, wurden sie angehalten, mich zu übernehmen. „Ich will heim! Ich will jetzt heim!", schrie ich. Die Gotte, eine Cousine meines Vaters, sagte: „Du bist jetzt hier zu Hause. Daheim ist niemand mehr!" „Was – niemand mehr daheim?", rief ich. „Ich will jetzt heim!", und fing an, meine Sachen zu packen. „Nein, nein", hielt mich die Frau zurück, „du bleibst jetzt da! Komm zum Kartoffelnschälen in die Küche!" Weinend ging ich in die Küche und verlangte immer wieder, nach Hause zu gehen. Die Bäuerin drohte mir mit Schlägen, wenn ich nicht sofort mit dem Kartoffelschälen anfangen würde, und wiederholte, dass zu Hause niemand mehr sei.

Die jüngere Schwester reagierte wie ich: Sie wollte von ihrem neuen Platz sofort weglaufen, packte ihre Sachen und kam auch nur bis zur nahen Strasse.

So blieb ich halt dort, bei den Paten, bei Fremden.

Johann. Beim Verteilen war ich noch allein in der Amtsstube mit dem Armenvater, einem Gemeinderat und meinem Vater. Da sagte der Armenvater: „Was wollen wir mit dem? Totschlagen können wir ihn ja nicht." Anschliessend haben sie beschlossen, dass ich zum Gemeinderat komme, weil dieser auch einen Bauernhof besass. Ich war 8 Jahre alt. Den ganzen Sommer musste ich auf einem Strohsack draussen auf der Laube schlafen. Als die Zeit des Rinderhütens vorbei war, sagte der Gemeinderat: „Pack deine Sachen, wir machen einen Ausflug." Er fuhr mich mit dem Pferdewagen zum Waisenhaus, stellte mich davor ab und wendete gleich wieder. Weder der Armenvater noch unser Vater wussten, wo ich war. Zweimal bin ich weggelaufen.

Plötzlich holten mich mein Vater und die älteste Schwester und brachten mich auf den Bauernhof einer Witwe, wo auch mein älterer, 10-jähriger Bruder Fritz war. Immer wieder sagte man uns dort: „Ein falsches Wort – und du kannst wieder gehen."

Lena. Also blieb ich halt dort und musste lernen, mich im neuen Alltag zurechtzufinden. Die Bäuerin war krank. Ihr Sohn war 17 Jahre alt. Der Bauer hat überhaupt nicht mit mir gesprochen. Wenn er zum Essen gekommen ist, hat die Bäuerin zu ihm gesagt: „Du verfluchtes, verdammtes Untier!" Er hörte immer nur solche Schimpfwörter von ihr. Die Wut der Bäuerin sass tief. Vielleicht rührte dies daher, dass ihr Mann durch eine Bürgschaft für seine Schwester viel Geld verloren hatte. Aber sie hatten ja genug: Ihr Hof mass 30 Jucharten, im Stall standen 7 bis 8 Kühe und die Bäuerin hatte Schweine gezüchtet.

Am Tisch wurde sonst nie ein Wort gesprochen. Der Sohn sagte nie etwas zu den Äusserungen seiner Mutter und ich sass neben ihr und getraute mich nicht, den Mund aufzumachen. Einmal sagte sie zu mir: „Nicht wahr, er ist ein Sauhund!" Natürlich sagte ich dazu nichts.

Als ich einmal an einem Samstag mit dem Karren auf dem Weg zur Käserei war, traf ich meinen Vater, der am Wochenende bei einer Frau wohnte. Ich erzählte ihm, die Bäuerin wolle mich aufhetzen. Er meinte nur, ich solle mich da raushalten und sagen, es ginge mich nichts an.

Als die Bäuerin wieder einmal ihren Mann verfluchte, sagte sie erneut zu mir: „Gell, es ist wahr!" Mutig entgegnete ich: „Das geht mich nichts an!" Da hatte ich zu viel gesagt! Ich musste mich über einen Hocker legen und sie verprügelte mich. Als ich dies später dem Vater erzählte, sagte er nichts dazu – es war ihm wohl egal.

Johann. Wir mussten sehr viel arbeiten auf dem Hof der Witwe. An den schulfreien Tagen mussten wir häufig am Morgen früh zum Holzen, kamen abends erst nach Hause, wo die Kühe zum Melken auf uns warteten. Zur Brotzeit gab es manchmal Speck, genau genommen nur das Fett davon, das ich hungrig ass. Anschliessend wurde mir davon schrecklich übel. Auf die Schulreise konnten wir nie, dafür gab es kein Geld. Fritz musste meistens draussen arbeiten.

Ein Cousin war ab und zu da, aber während der Kriegsjahre war er meist abwesend.

Am Mittag liefen wir nach Hause, wendeten das Heu und beeilten uns, über den Hügel wieder rechtzeitig zur Schule zu kommen.

Wir mussten, als wir ab und an einnässten, im Stall zwischen den Schweinen und den Kälbern schlafen. Der Gestank in dem alten Stall liess uns kaum atmen. Die Bäuerin kam noch und machte uns ein Kreuz auf die Stirn. Da sagte ich zu Fritz: „Ich haue ab! Jetzt haue ich ab!" Draussen war es bitterkalt. „Du erfrierst ja!", meinte der Bruder. „Das ist mir egal. Jetzt haue ich ab!" Friedel überredete mich dann doch zu bleiben. Ich wusste ja auch: An einem anderen Ort war es nicht besser. Wir konnten uns bei niemandem ausweinen. Den Armenvater haben wir nie gesehen, der ist nie bis zu uns gekommen.

Einmal bin ich mit meiner Schwester ein Stück Weg gegangen, das hat ein Riesentheater gegeben, weil wir ja nicht zusammen sein durften. Unsere Pflegemütter waren Schwestern, waren nicht gut aufeinander zu sprechen und wollten nicht, dass wir uns unsere Erlebnisse erzählten. Auch mit den anderen Geschwistern durften wir den Schulweg nicht zusammen gehen.

Lena. Dem Sohn gehörten einige Schafe. Er schickte mich oft, sie von der Weide zu holen. In der Herde war jedoch ein kräftiger Widder, vor dem ich grosse Angst hatte. Der Sohn erwiderte auf meine Befürchtungen nur: „Mädchen, hol die Schafe, sonst geh ich mit dir auf die Heubühne!" Das rief er mir später auch vor seinen Kumpanen zu.

Beim Messerschleifen für die Mähmaschine musste ich den Schleifstein drehen. Der Sohn drückte die Messer mit aller Gewalt dagegen, bis ich den Stein kaum mehr drehen konnte. „Mach, dass es geht, sonst kriegst du eine Ohrfeige!", war sein Kommentar. Ich schaffte es nicht mehr. So setzte es halt eine Ohrfeige und ich bin weggelaufen.

Die Bäuerin litt an Magenkrebs und konnte kaum mehr etwas arbeiten. Ich musste die Schweine füttern und mit den 30 Litern Milch auf dem Karren zur Käserei, im

Winter mit dem Schlitten. Oft kam ich mit dem Karren oder dem Schlitten mit den 30 Litern Schotte, die von der Käserei zurückgenommen werden mussten, kaum den steilen Weg hinauf. Hatte es wenig Schnee, musste ich trotzdem den Schlitten nehmen und ihn über die apern Stellen zerren. Ich war froh, dass mir einige Nachbarsbuben am Hang oft halfen.

Zu essen gab es immer dasselbe. Sie schlachteten zwei Schweine. Daraus machte der Metzger Büchsenfleisch. Das sahen wir nie, es wurde gleich verkauft. Wohl an ihre Schwester, die ein Restaurant und eine Metzgerei führte. Ebenso die Eier – es gab nie eines auf dem Tisch. Der Bauer meinte einmal, sie solle doch Rührei machen. Er ärgerte sich, dass bei so vielen Hühnern nie ein Ei auf dem Teller war. Wenn in der Schule Examen war, musste ich jeweils lange betteln, bis ich für diesen speziellen Anlass ein Ei mitnehmen durfte.

Als wir mit der Schule eine Reise aufs Rütli machten, erhielt ich als Proviant ein Ei und ein Stück Brot. Wir fuhren um 5 Uhr früh los. Am Ende des Vormittags war mein Proviant bereits aufgegessen. Die jüngere Schwester war an diesem Ausflug auch dabei. Sie hatte viel zu essen mitbekommen und es mit mir geteilt. Am Mittag erhielten wir Suppe und dann war auch ihr Säcklein leer. Es war eine lange Zeit, bis wir abends um elf Uhr wieder zu Hause waren.

Am Sonntag kochte die Bäuerin jeweils das verwurmte Restenfleisch aus den zurückgenommenen Büchsen aus. Diese Brühe, mit ein paar Kartoffelstücken versetzt, war nach der Rösti zum Frühstück die Hauptmahlzeit. Konfitüre gab es nie. Als ich einmal danach fragte, kochte sie etwas Apfelmus. Es gab jeden Tag dasselbe: Suppe mit Würmern drin. Im Winter gestreckt mit zwei, drei Löffeln Milch und einer gerösteten Zwiebel.

Der jüngere Bruder Johann erinnerte sich an dasselbe Erlebnis: „Weißt du noch, wie die Würmer geknackt haben, wenn sie zwischen die Zähne kamen?"

Das Gemüse aus den zwei Gärten neben dem Haus holten sich Frauen aus der Verwandtschaft.

In der Schule wurde am Mittag Suppe gekocht für die Kinder, die weit weg wohnten und denen die Zeit für den Schulweg nicht reichte. Eines Tages ging ich mittags nicht nach Hause, sondern blieb in der Schule und ass dort Schulsuppe. Die Suppe hat immer so gut gerochen und ich wollte sie unbedingt probieren. Zu Hause setzte es dann eine Tracht Prügel: „Sollen die Leute denken, dass du hier hungerst?" „Ich wollte nur einmal gute Suppe essen", erklärte ich. Doch der Geiz der Bäuerin liess es nicht zu, mit dem Gemüse aus dem Garten zu kochen. Es gab überhaupt nie Gemüse. Wenn geschlachtet wurde, assen wir einen Monat lang Knochen. Das mochte ich überhaupt nicht. Also ass ich halt nur Brot. Die Bäuerin hat einmal im Monat gebacken. Im Sommer schimmelte das Brot und wurde matschig, wir assen es trotzdem.

Mich wundert immer wieder, dass wir nicht krank wurden!

Im Sommer während dem Heuen musste ich die Raine hinauf um die Getränke zu bringen: Viel Wasser, etwas Rotwein und Zucker. Als ich einmal in einen herumliegenden Rechen trat, blieb er im Fuss hängen und fiel dann wieder ab. Um die Verletzung kümmerte sich niemand. Beim Abladen im Heuschober waren der Sohn und sein Freund da. Der Sohn rief ihm zu: „Du kannst mit dem Mädchen machen, was du willst. Es trägt keine Hosen!" Natürlich liess er sich das nicht entgehen.

An einem Karfreitag, als beim Holzholen ein Span in meinen Oberschenkel drang, wurde er mit der Bemerkung herausgezogen: „Heute ist Karfreitag, du musst auch etwas davon haben!"

Der Familie gehörte noch ein Haus weiter unten am Hang, in dem Frau Kunz wohnte. Der Bauer besuchte sie oft. Die Bäuerin schärfte mir ein, ich solle Frau Kunz nachrufen: „Dicke Kunz, dicke Kunz!" Als ich zur Schule ging, habe ich ihr das nachgerufen. Ich dachte, das sei richtig. Frau Kunz kam darauf in die Schule. Ich musste auf den Flur hinaus – ich war in der 3. Klasse – und Frau Kunz teilte mir ein paar Ohrfeigen aus, ebenso die Lehrschwester. Am Sonntag ging ich von der Messe nach Hause, der Bauer auch. Er sprach mich auf den Vorfall an. Ich sagte aus Angst vor einer Bestrafung nichts. Die Bäuerin kam aus der Küche und fragte, was los sei. „Dich sollte man verprügeln, du hast dem Mädchen das aufgeschwatzt!", entgegnete der erzürnte Bauer. So wurde ich ständig als Spielball benutzt.

Im Verlaufe des Jahres konnte ich wenige 10- und 20-Rappen-Münzen sammeln, die ich sorgsam hütete. An Weihnachten musste ich das Geld in einen Teller legen und diesen ins Kämmerlein stellen. Da kamen dann einige Erdnüsse, eine Mandarine und gebrauchte schwarze Wolle für Handschuhe rein. Das Geld war weg und eine Weihnachtsfeier gab es nicht.

Alle zwei bis drei Jahre kam eine Störnäherin vorbei. Sie nähte mir aus alten Männerhemden Blusen und aus den alten Röcken der Bäuerin Röcke. In der Schule sagten sie dann zu mir: „Die Lottrige kommt wieder!"

Das Portemonnaie hatte die Bäuerin stets unter dem Kopfkissen versteckt. Der Sohn wollte mit seinem Freund ins Dorf. Ich sah, wie er der Mutter 10 Franken aus dem Portemonnaie nahm. Nachher sagte er ihr, ich hätte es genommen. Ich habe nie irgendwo Geld genommen, das habe ich nie getan!

Jeden Monat spendete die Bäuerin dem Pfarrer 25 Franken für die Taufe eines Heidenkindes. Abends ging sie häufig zum Pfarrer. Der Sohn sperrte mich dann in der Stube ein, löschte das Licht und rief: „Jetzt kommen die Menschenfresser! Die fressen dich! Jetzt kommen die Menschenfresser! Wenn du das Licht anzündest, verprügle ich dich. Jetzt kommen die Menschenfresser!" Davon habe ich bis heute Albträume. Als die Bäuerin nach Hause kam und fragte, ob alles gut gegangen sei, antwortete er meist, ich hätte mich nicht gut benommen, worauf sie nochmals mit mir schimpfte. Der Mann war abends nie in der Stube, der hockte immer im Stall.

Ich wollte lernen, es bereitete mir Freude, Neues zu erfahren. Doch auch in der Schule bekam ich das Anderssein zu spüren. In der zweiten Klasse sollten wir schreiben. Die Lehrschwester gab mir eine alte Feder, mit der einfach nicht schön zu schreiben war. So schlug sie mich jeden Tag auf die Finger – regelmässig, jeden Tag! Meine Banknachbarin rief jeweils: „Die schreibt wieder wüst, Schwester!" Also kam die Schwester erneut und schlug mich. Zwei andere Schulkameradinnen fragten die Nonne oft: „Schwester, sollen wir wieder eine Rute bringen?"

Fällt der Traum wie ein Schatten über die Seele,
dunkel
finster:
sinkt das Wasser ins Uferlose
abgründig verschluckt:
in die Angst der Verzweiflung;
dann
spiegelt sich trübe der Wahnsinn
im glasklaren Augenkristall,
und die Träne weint sich nicht, obwohl sie
rinnt
rinnt
rinnt
abgründig verschluckt
in die Zerrissenheit
wird sie zum Schwert,
und Blut quillt aus dem Auge,
die Träne,
sie richtet sich selbst.

Els Jegen

Lena. Und dann der Kaplan im Dorf! Bei dem mussten wir immer zur Beichte gehen, wo er mir sagte, ich sei mit einem Jungen in einer Scheune gewesen und andere widerliche Sachen, die mich sehr verwirrten.

In der dritten Klasse schickte mich die Lehrschwester ins Pfarrhaus. Der Kaplan wolle ein Büchlein. Er habe gesagt, ich solle ihm das Büchlein bringen. So ging ich mit dem Büchlein hin, stolz, dass ich es war, die für einmal den Dienst erweisen durfte. Der Kaplan öffnete die Türe, nahm das Büchlein, warf es hin, nahm mich zwischen die Beine und sagte immer wieder: „Soll ich dich zwicken? Soll ich dich zwicken?" Ich rief: "Nein, ich muss wieder zur Schule. Ich sollte nur das Büchlein bringen." Ich bekam Angst. Er zog mich immer näher an sich heran, bis er genug hatte. „So, jetzt kannst du wieder gehen. Wenn du jemandem etwas erzählst, kommst du sofort ins Gefängnis!" Er war wie ein Wolf! Ich ging zurück zur Schule und überlegte, ob ich der Schwester etwas erzählen solle. Doch das war aussichtslos. Sie hätte dem Kaplan geglaubt und ich wäre als Lügnerin dagestanden. So traute ich mich nicht, jemandem davon zu erzählen. Ich fürchtete mich vor dem Kaplan und ging deshalb nicht immer zur Beichte. Darauf hielt er mir immer wieder vor, mit Jungen rumgezogen zu sein, statt zur Beichte zu kommen.

Auch Buben erging es so. Er nahm nur die Armen. Mit einem Stück Fleisch erkaufte er sich ihr Schweigen. Auch hinter meinem Bruder war er her. Dieser wehrte sich jedoch mit kräftigen Tritten, worauf er von ihm abliess. Einem Mädchen, dessen Vater im Gefängnis sass, ist er auch nachgestiegen. Der Pfarrer hat immer alles abgestritten. Während einer Messe rief der Vater des Mädchens später von der Empore: „Und es ist doch wahr, dass er die Kinder missbraucht hat!"

Da hat man den Kaplan versetzt: Als Pfarrer in eine Berggemeinde!

Der Kaplan hat jahrelang unter den Augen seiner Schwester, die Pfarrköchin war, Kinder missbraucht, ohne dass jemand hingesehen hätte. Der Pfarrer hatte uns nie unterstützt, den hatten wir nie gesehen. Auch die Lehrer haben, wie alle anderen, nicht hingeschaut – aber gewusst haben es alle!

Johann. Während einer Religionsstunde mit dem Kaplan schickte dieser mich vor die Türe. Etwas später kam ein Schulkamerad aus dem Zimmer und ging zur Toilette. Ich schlenderte zum Ende des Ganges und schaute zum Fenster hinaus. Da kam der Kaplan raus und fragte, was wir da machen. Ich sagte ihm, dass der andere auf der Toilette sei und ich zum Fenster hinaus schaue. Er befahl: „Du kommst nachher zu mir ins Pfarrhaus!"

Als ich dort ankam, nahm er meinen Kopf zwischen seine Beine und rieb sich daran. Da läutete es an der Tür, er gab mir einen Apfel und schärfte mir ein, ja niemandem etwas zu sagen.

Der Lehrer hat uns geplagt, wo er nur konnte. Zwei Knaben hatten sich auf dem Schulhausplatz geprügelt, dafür wurde ich nachher von ihm verprügelt. Oder er zog uns immer an den Schläfenhaaren hoch. Wenn wir manchmal vor Müdigkeit einschliefen, übergoss er uns mit einem Kübel kalten Wassers. Auch im Winter mussten wir dann nass nach Hause laufen. Fünf Jahre mussten wir diesen Schulmeister ertragen. In der dritten Klasse liess er mich sitzen. Ich solle zuerst rechnen lernen. Später kam ich dann zu einem anderen Lehrer. Dieser liess mich wieder eine Klasse überspringen und so kam ich dann auch in die Oberschule.

Jeden Samstag mussten wir zur Beichte – jeden Samstag. Ich wusste bald nicht mehr, was sagen. Am

Sonntag mussten wir um 7 Uhr zur Kommunion, um 9 Uhr war Amt, nachmittags war Vesper und abends Rosenkranz.

Ich habe Klara
durch die Nacht weinen gehört.
Die Scholle bebte,
die Träne beschwor das Verloren sein.
Einer stand Pate.
Er nahm sich das Kind zur Frau
und die Frau vergass,
dass sie Kind war.

Els Jegen

Lena. Grenzüberschreitungen des Sohnes kamen häufig vor. Er drohte mir immer, wenn ich der Bäuerin oder „dem Alten" etwas sage, käme ich ins Gefängnis. Die Mutter glaube ihm, nicht mir.

Da bin ich von dort weggelaufen. Ich war in der 4. Klasse, 10 Jahre alt, und ging zur jüngeren Schwester. Dort musste man beten, beten, beten und immer knien. Den Schulweg durften wir nur mit der Tochter gehen. Meine Schwester durfte nie mit uns oder anderen Kindern den Schulweg gehen. Am Samstag wurde ein Huhn gerupft und am Sonntag blieb man zu Hause. Meine Schwester musste jahrelang die Hühner rupfen. Sie ekelte sich davor und brachte am Sonntag vom Huhn kaum einen Bissen runter. Es waren noch zwei Pflegebuben da. Die Kinder mussten hart arbeiten. Der Mann machte nichts. Einmal kochte die Frau Zwiebelmus. Das war eklig. Die Frau nahm mich an den Haaren und stopfte mir das Mus in den Mund. „Ich will dich lehren zu fressen!", rief sie. Draussen musste ich alles wieder erbrechen.

In der Oberschule war ich in der 6. Klasse. Obwohl ich die Aufgaben nicht machen konnte, kam ich trotzdem vorwärts. Die Lehrschwester sagte immer: „Du hast Talent, aber du hast den Willen nicht!"

Mit zwölf Jahren ging ich zu einer anderen Familie. Ich war erst zwei Monate dort, als ich Blinddarmentzündung hatte. Sie setzten mich in den Bus in die 20 km entfernte Stadt und riefen die älteste Schwester an, die dort arbeitete. Sie holte mich an der Haltestelle ab und brachte mich ins Spital. Das Geld fürs Taxi musste sie von ihren Arbeitgebern ausleihen. Im Spital sprach niemand deutsch. Als sie mir die Äthermaske aufsetzten, weinte und schrie ich. Niemand sprach mit uns. Abends beteten die Nonnen mit uns Kindern den Rosenkranz – natürlich auf Französisch. Die Nonne schimpfte mit mir, weil ich statt „priez pour nous" „piepunu" sagte.

Nach drei Wochen konnte ich wieder zur Familie zurück. Sie hatten drei Knaben. Der Mann arbeitete auf einem Vorsass weit hinten im Schlund als Holzer. Die Frau hatte Bretzeln gebacken und schickte mich, sie den Männern zu bringen. „Ich weiss doch nicht, wo das ist!", sagte ich. Sie erklärte: „Du gehst bis zu diesem Dorf und dann rechts weiter." Morgens um sieben ging ich los, um elf Uhr sollte ich oben sein. So trottete ich zum ersten Dorf und von da weiter zum nächsten, als mich der Hunger zu plagen begann und ich anfing Bretzeln zu essen. Ich fragte jemanden, wo der Vorsass sei. Der Mann meinte, das sei viel zu weit für mich.

„Ich muss aber die Bretzeln bringen", entgegnete ich.

„Also geh hier weiter und frag halt dann wieder."

Während ich weiterging, wurden die Bretzeln immer weniger, bis nur noch zwei übrig blieben. Gegen den Durst kaute ich Pfefferminzblätter, die am Wegrand wuchsen. Endlich kam ich einen Hang hinauf zum Vorsass. Der Mann sah mich kommen und ich beichtete, dass wegen des Hungers nur noch zwei Bretzeln übrig waren. Er ohrfeigte mich und ich erwachte erst am nächsten Morgen wieder, als sie mich weckten und heimschickten. Der Mann hängte mir den Rucksack um und sagte, ich solle jetzt heimgehen. „Ich habe Hunger und Durst", sagte ich. „Jetzt gehst du nach Hause, das wird dich lehren, die Bretzeln zu fressen." Ein Arbeitskollege kam dazu und sagte: „Das Mädchen kommt zu uns an den Tisch und isst und trinkt, sonst verprügeln wir dich!" So kam ich doch noch zu einem Frühstück und bin dann zurückmarschiert. Zu Hause schimpfte die Frau, weil ich nicht am gleichen Tag wieder heimgekommen bin. Am folgenden Samstag beschuldigte mich der Mann, ich wäre statt zur Messe bei Vater gewesen, und verprügelte mich bitterlich. Am nächsten Tag, als er nach Hause kam, meinte er: „Sie war doch zur Messe." Worauf die Frau antwortete: „Du hättest sie ja fragen können, bevor du sie verprügelst." Dort ging ich dann auch weg.

Zwei Tage verbrachte ich bei den Brüdern. Doch dort konnte ich nicht bleiben, die wollten mich nicht. Bei Louise, der älteren Schwester, war ich 3 Tage, dann holte mich der Armenvater wieder und brachte mich erneut zu meinen Paten. „Ich will nicht mehr dorthin!", sagte ich. „Doch", erwiderte er, „du gehst dorthin, sonst kommst du ins Waisenhaus."

Bei den Paten angekommen, musste ich auf den Knien um Verzeihung bitten, damit sie mich wieder aufnahmen. Es ging so weiter wie zuvor. Ich bin wieder weggelaufen. Beim Vater konnte ich ja auch nicht sein. Der hat uns sogar den Kaffee und den Zucker am Montag, wenn er zur Arbeit ging, weggeschlossen.

Sie brachten mich in die Stadt in ein Waisenhaus. Dort war ich drei Monate. Auf einem Blechteller thronte jeweils ein einziger Löffel Essbares. Ich bin fast verhungert. Dann kam ich wieder ins Dorf zu einem Brunnenbauer. Das Paar hatte keine Kinder. Der Mann schaute mich nur immer böse an und als mir beim Abtrocknen eine Tasse aus der Hand fiel, ohrfeigte er mich. Ich ging nicht mehr dort hinauf.

Vater wohnte bei einer Familie. Als ich ihn einmal besuchte, lud mich die Frau zu Tisch ein und war gut zu mir. Ihr Mann war der Bruder der Bäuerin, bei der ich zuerst untergebracht war. Diese nannte Vaters Hauswirtin immer den „roten Fuchs", nur weil sie kein Geld hatten. Dabei konnte die Bäuerin ihrer Schwägerin nicht das Wasser reichen, denn diese war eine herzensgute Frau.

Kurz nach meinem Weggang starb die Patin. Sie musste aus lauter Geiz verhungern. Nie ging sie zum Arzt. Meist musste ich den Kessel halten, als sie erbrach. Mein Schlafplatz war neben ihr im schmalen Bett in der Stube. Ihr Mann schlief in der Nebenstube. Über dem Sofa in der Stube hing ein Spruch: Wo Liebe da Frieden, wo Friede da Gott, wo Gott keine Not.

Der Sohn hatte nach dem Tod der Mutter geheiratet. Als die Frau starb, kümmerte er sich nicht um die

3 oder 4 Kinder. Sie wurden deshalb auch weggebracht. Das Haus wurde dem Zerfall überlassen. Er fütterte die Tiere nicht mehr. Die Kühe liess er im Dreck stehen, bis sie geholt wurden. Der Miststock war so hoch, dass ein Bild davon im „Gelben Heft" erschien. Eine Freundin erzählte mir später, dass er eines Abends die Jauchegrube offen gelassen hatte. Er schickte seine Frau in den oberen Stock um etwas zu holen. Um dorthin zu gelangen, musste man über die Jauchegrube gehen. Die Frau meinte, das Verlangte könne bis zum nächsten Morgen warten. Der Mann bestand jedoch darauf, bis sie schliesslich ging. Im letzten Moment, auf der Türschwelle, sah sie die offene Jauchegrube.

Johann. Die jüngere Schwester wurde später Nonne. Auf ihrem Sterbebett meinte sie: „Es ist schon schlimm: Ich habe mein Leben lang für die Missionen gearbeitet und bin nun zum Schluss gekommen, dass sie doch die Leute dort leben lassen sollen. Die Religion provoziert nur Bürgerkriege und ich habe mein Leben lang dafür gearbeitet. Wenn ich noch einmal anfangen könnte, würde ich das nicht mehr machen."

Sie haben ihr damals weisgemacht, dass sie für die ältere Schwester Lena ins Kloster gehen müsse, weil diese nicht gehorsam sei und bekehrt werden solle. Lena erzählte man, dass ihre Schwester im Kloster deswegen ihren Namen angenommen hätte. Später klärte sich auf, dass die Schwester ihren Nonnennamen zu Ehren der Patronin der Dorfkirche angenommen hatte.

So wurden wir ständig gegeneinander ausgespielt.

Im Frühling sollte ich ein Paar neue Schuhe erhalten. Die Bäuerin hatte ihre alten Schuhe mit Riesennägeln neu sohlen lassen. Diese Schuhe habe ich zu Ostern bekommen. Als ich einmal damit die Strasse hinunter ging, traf ich den Nachbarn, der fragte: „Was hast denn du für Schuhe an?" Sie waren viel zu gross. Ich habe sie immer nachgeschleift. Wir trugen immer die gleichen Kleider. In der Schule fragte mich mal jemand: „Welches ist eigentlich die Farbe deiner Hosen?" Sie waren mit Flicken übersät. Während des Krieges hat die Gemeinde einmal Kleider aus Zellwolle bezahlt. Die sind von allein gestanden und haben grauenhaft gekratzt. Die musste ich anziehen, bis sie mir zu klein waren.

Vor dem Mittag gab es immer eine Suppe. Bei der Bäuerin war die Eiersammelstelle. So gab sie immer ein Ei in die Suppe. Das sah dann aus wie schwimmende Rotze. Ich brachte die Suppe nicht mehr hinunter. Den Schinken haben sie verkauft. Den Sud davon haben sie auf den Ofen gestellt. Wenn sie auf den Tisch kam, schwammen Würmer obenauf. Es hiess dann einfach: Die sind tot, die machen nichts.

Der Mist wurde nur am Sonntag verlegt, während der Woche blieb dafür keine Zeit. Die Kühe wurden für den Markt geputzt. Dann hiess es: „Wenn die Kühe geputzt sind, könnt ihr auf den Markt." An einem dieser Markttage mussten wir bereits am Mittag nach Hause. Da begann Fritz, seine Schuhe zu beschlagen. Die ganze Sohle vernagelte er. Ich fragte ihn, was er denn mit so vielen Nägeln wolle. Er meinte wütend, die fielen dann schon wieder raus.

Hart aus Basalt geschichtet, wann bricht er?
Und doch so friedlich gedichtet, wann spricht er?
So schlummert der schlafende Elefant...

Verletzt ist er.

Ob er vielleicht Frau sei bei den Menschen
im Gedenken
an die Urmammutter?

fragt ein Atemzug die Wiese am Bach lang.

Hart in Basalt gelichtet, wann spricht er?
Und doch so gründlich gerichtet, wann bricht er?
Wann erwacht sie die schlummernde Frau?

Hält ein Atemzug die Wiese am Bach an...
Els Jegen

Lena. Meine älteste Schwester holte mich, um in die Ferien zu fahren. Ich freute mich sehr darauf. Als wir im Kinderheim Sonnenwil im angrenzenden französischsprachigen Kantonsteil ankamen, gab meine Schwester mich ab und wollte wieder gehen. „Du, warum bleibst du nicht da?", fragte ich sie. „Ich muss noch schnell etwas kaufen." Ich wartete vergebens. Sie kam nicht mehr zurück.

Dort bei den Nonnen blieb ich zwei Jahre, bis ich die Schulzeit beendet hatte. Auch hier lagen, wie im Waisenhaus, Blechteller auf dem Tisch, meist mit Bohnen.

Am Sonntag gab es regelmässig eine halbe Cervelat und einen Löffel Kartoffelstock zu Mittag. Jene, die es wagten wegzulaufen – das gab es hie und da – mussten, statt zu essen, drei Tage lang in der Ecke des Esssaals knien.

Einmal erhielt ich in einem Päcklein von einer Frau einige Klaraäpfel zugesandt. Eine alte Nonne teilte mir mit, dass ein Paket für mich abgegeben worden sei. Da ich jedoch das Büchlein mit der Kirchengeschichte, die sie mir noch einzutrichtern versuchten, verloren hätte, bekäme ich die Äpfel nicht. Es nützte nichts, meine Unschuld zu beteuern: Die Äpfel wurden im Zimmerschrank neben mir eingeschlossen, so dass ich sie immer riechen konnte. Einige Zeit später kam die Nonne mit dem Büchlein, das sie verlegt hatte, schloss den Schrank auf und gab mir die Äpfel, die natürlich mittlerweile faul waren. Entrüstet und wütend rief ich: „Nun können Sie sie selber fressen!" Worauf die Schwester Oberin kam, meinen Kopf unters kalte Wasser hielt, mir ein paar Ohrfeigen verpasste und mich knien liess. So liessen uns die Nonnen ihren Unmut gegen die wenigen deutsch sprechenden Kinder immer wieder spüren.

Es war die Zeit während des Krieges und immer waren zwei oder drei französische Deserteure da versteckt.

Eine Nonne bot mir an, mich im Maschinenstricken auszubilden. Das hätte ich sehr gerne gelernt. Aber zwei Tage, nachdem ich die Schule beendet hatte, holte mich Vater. Er wollte nicht mehr weiter bezahlen. Ich war dann wieder zwei Tage im Dorf bei ihm und kam anschliessend zu einer Familie, die Zwillinge hatte. Dort blieb ich nur einige Tage.

Nach dem Schulabschluss fragte mich jemand: „Willst du nichts lernen?" Natürlich! Ich wollte Kinderschwester werden! Laut meinem Vater hätte jedes von uns aus dem „Von-der-Weid-Fonds für Waisenkinder" 500 Franken erhalten sollen, um eine Lehre zu machen. So ging ich zum Lehrer, der auch Gemeindekassier war, um danach zu fragen. Seine Antwort lautete: „Für euch haben wir kein Geld! Ich mache dir ein Leumundszeugnis. Wenn du ohne Geld gehen kannst, so geh! Du bist sowieso ein Wandervogel!" Na also, dachte ich, und ging wieder. Ohne Geld konnte ich die Ausbildung zur Kinderschwester nicht beginnen.

Bei den Nonnen, dem Kaplan, dem Pfarrer – für den haben wir sowieso überhaupt nicht existiert –, den Lehrern, bei allen waren wir verachtet, ausgeschaltet und inexistent.

Von der Familie mit den Zwillingen kam ich dann in die Stadt an eine Stelle bei einer Professorenfamilie. Nebst den Eltern war da eine Tochter, die Lehrerin war, und eine 3-jährige Tochter. Die Frau hielt mich an, die jüngere Tochter mit „Sie" anzusprechen. Als mir einmal das „Du" rausgerutscht ist, gab es grossen Tadel.
    Die Familie ass im Esszimmer, ich musste sie bedienen und durfte am Ende ihres Mahls die Resten in der Küche essen. Dort blieb ich drei Wochen.

Danach war ich im Collège in Freiburg – fast ein Jahr lang für 20 Franken im Monat. Unsere Arbeit bestand darin, die Betten zu machen und Gemüse zu rüsten. Mit den Nonnen mussten wir jeweils zu den Kapuzinern zur Beichte. Ein Kapuziner erzählte mir von den Büchern, die sie besassen, und dass ich doch mal vorbeikommen solle, um sie anzusehen. Eine behinderte Kollegin klärte mich über die Besuche auf. Den Nonnen sagte ich, dass ich nicht mehr dorthin zur Beichte gehen werde. Natürlich glaubten sie mir die Begründung nicht.

Ich weiss nicht, wie wir gross geworden sind! Gewaschen wurde ich nie. Jeden Tag wusch ich mir lediglich am Brunnen draussen das Gesicht. Wie wir wohl gerochen haben? Die Haare wurden etwa einmal im Jahr gewaschen und wöchentlich gekämmt, d.h. zu Zöpfen geflochten, die die Woche über hielten. Im Sommer trugen wir nie Hosen oder Schuhe, nur ein Röcklein. Im Winter hielten uns Hosen und lange Socken kaum warm. Einen Mantel besass ich nie. Auf dem Heimweg von der Schule durfte ich oft bei einer Kameradin die Hände in der Manteltasche wärmen. Der Schulweg war weit und ich war froh um etwas Wärme.

Mit 17 Jahren ging ich nach Neuenburg in ein Restaurant. Dort verdiente ich gut und die Wirtin war sehr nett. Ich brachte meiner Schwester 400 Franken. Sie sollte damit ein Bankbüchlein äufnen. Das Geld brauchte ich später dann halt, als ich den Bub geboren hatte.

Als die Wirtin in die Ferien fuhr, wollte ich am Abend die Abrechnung machen. Da rief mich der Wirt zu sich. Wir tranken etwas zusammen. Er sagte: „Du musst zuerst mit mir aufs Zimmer, vorher mache ich die Abrechnung nicht." „Wozu?", fragte ich. „Das sollte dir einleuchten", meinte er. „Nein, das mache ich nicht!", wehrte ich mich. Der Wirt wollte die Abrechnung nicht machen. Also blieb mir nichts anderes übrig, als zu Bett zu gehen. Der Wirt drohte noch, er ginge zur Polizei, was er dann natürlich nicht tat. Am nächsten Morgen um fünf Uhr klopfte er an meine Zimmertür. Ich stand auf und ging zum Polizeiposten in der Nähe. „Ich bin hier um die Abrechnung zu machen", sagte ich den Beamten. „Hier sind die Zettel, damit Sie sehen, wie viel ich schuldig bin." Der Polizist meinte, das ginge ihn nichts an. Ich schilderte ihm die Situation, worauf sie den Wirt holten. Dieser gab an, ich wolle das Geld behalten. Doch der Polizist durchschaute die Situation: „Dich kennen wir!" Nachdem das auf dem Polizeiposten geklärt war, verlangte ich vom Wirt, dass er mein Gepäck hinunterträgt. Dann bin ich gegangen. Das war sehr schade, es war eine gute Stelle. Immer wieder musste ich vor solchen Männern fliehen. Sie wussten, dass ich mich nirgends beklagen konnte. Aber ich habe mich immer dagegen gewehrt.

Johann. Fritz und ich gingen zusammen vom Hof fort. Er war schon ein Jahr aus der Schule. Im Sommer nach dem Schulabschluss habe ich für meine Arbeit keinen Rappen Lohn bekommen.

Als wir aus der Schule kamen, erhielt Vater einen Brief aus Freiburg, dass nun die Zahlungen für uns eingestellt würden. Er kam mit dem Brief zu meiner Pflegemutter. Sie hatte nie von Freiburg Geld bekommen, dieses ging wohl an die Gemeinde. Ich denke, Vater musste jeden Monat für uns bezahlen.

Die 500 Franken aus dem „Von-der-Weid-Fonds" für die Lehre haben wir nie bekommen. Die Lehrer sagten, es gäbe nichts für uns.

Als ich vom Hof wegging, besass ich 1 Paar Socken, die mehr Löcher und Flicke hatten als ganze Stellen.

Ich bin dann ins Unterland in eine Stelle gegangen. Ich war da Hausbursche. Es war eine gute Stelle. In drei Jahren wuchs ich 20 cm.

Eines Tages fuhren meine beiden älteren Schwestern mit mir nach Freiburg um bei einem Verwandten einen Anzug zu kaufen. Der drehte mir einen Anzug an, in den ich kaum hineinpasste. Als ich nach Hause kam, fragte mich der Patron, was denn das für ein Anzug sei, der sei mir ja jetzt schon zu klein. Ich musste also einen neuen machen lassen. Da die Schneidersfrau ein Hosenbein verbrannt hatte, verzögerte sich die Auslieferung. Das Tragen des Anzugs war wegen des groben Stoffes sehr unangenehm.

Lena. Später ging ich mit meiner Freundin nach Genf. Ich fand dort eine schöne Stelle bei einer allein stehenden Frau, die anständig war mit mir. Ich verdiente gut und konnte auch dort wohnen. Eines Tages kam der Vater der Freundin zu mir nach Genf. Schon seit einiger Zeit stellte er mir nach. Er war stark betrunken und hatte eine Auseinandersetzung mit der Meisterin. Ich wusste nicht, worum es ging. Jedenfalls sagte sie zu mir, ich könne nicht mehr bleiben. So musste ich auch von dieser Stelle wieder fort. Darüber war ich sehr traurig. Es war mir dort sehr gut gegangen.

Immer waren wir die Schlechten. Immer waren wir die Sündenböcke.

So schlugen wir uns mehr schlecht als recht durchs Leben, bis ich heiratete. Ich habe immer ehrlich mein Geld verdient und nie gestohlen. Meinen Kindern sagte ich immer: „Tut recht und scheuet niemand und bezahlt eure Schulden, so dürft ihr überall hin mit erhobenem Kopf."

Grenze.
Ein einziger Knigge in rot.
Kein Können. Wissen. Viel Wissen, was nicht sein dürfe.
Trotz Knigge:
bin ich:
viel-leicht ...
die Weite der Berge.

Els Jegen
(aus Alptraum)

Auch dir verweigerte man das Geld für eine Lehre. So hast du nach der Schulzeit den Bauernhof verlassen und als Knecht noch eine Zeit lang in der Umgebung und im französischen Landesteil gearbeitet. Auf der Suche nach Arbeit fandest du in Baden eine Stelle bei der damaligen BBC. Du wohntest in einem Dorf in der Nähe bei einem Ehepaar und seiner Adoptivtochter. Im Samariterverein lerntest du Mutter kennen.

Mirjam, Mimi, wie du sie später nanntest, kam als viertes einer später siebenköpfigen Kinderschar zur Welt. Sie wuchs mit ihren vier Schwestern und zwei Brüdern auf einem Kleinbauernhof im aargauischen Surbtal auf. Mit der Landwirtschaft konnte gerade mal der Eigenbedarf gedeckt werden. Der Vater arbeitete deshalb als Hilfskraft in der Fabrik, die Mutter schaute zu Haus und Hof. Die beiden älteren Schwestern sowie der ältere Bruder hatten ihre Lehren bereits beendet, als Mirjam nach einem halben Jahr den Besuch der Handelsschule aufgeben und während eines Jahres die Pflege und die Aufgaben der kranken Mutter zu Hause übernehmen musste. Sie konnte auch danach die Ausbildung nicht beenden. Ihr im Büro einer Fabrik verdientes Geld wurde zu Hause gebraucht. Die Verbitterung dieses Ausbildungsabbruchs und die oft schlimmen Hautausschläge als Folge nicht nur von Allergien hielten ihr Leben lang an. Sie liebte es, mit ihren Schwestern tanzen zu gehen und setzte sich im Samariterverein des Nachbardorfes ein, wo du ihr begegnet bist.

1957 habt ihr in deiner Heimat geheiratet. Du warst 31, Mimi 23 Jahre alt. Eine Woche darauf rief der Pfarrer von Mutters Heimatdorf euch nach der Messe zu sich um euch mitzuteilen, dass der Pfarrer von Plaffeien eure Vermählung nicht anerkenne, weil er dem trauenden Priester keine Erlaubnis gegeben hätte. Er würde euch deshalb im Schnellverfahren am nächsten Sonntag nach der Messe in der Sakristei nochmal trauen. Ihr wusstet, dass in Plaffeien alles mit rechten Dingen zugegangen war, und lehntet eine erneute Zeremonie ab. Tatsächlich wurde eure Trauung nie im Register der Pfarrei eingetragen. Vor der Kirche wart ihr also nie ein Paar! Ich wundere mich heute darüber, dass wir trotzdem als Kinder alle Sakramente mitmachen und bis zur Jugendzeit die Messen besuchen mussten. Weshalb hast du das zugelassen? Mutter zuliebe? Die Erfahrungen, die du mit der Kirche gemacht hattest, rechtfertigten diese Handlungen nicht im Mindesten. Als wir als Jugendliche begonnen hatten, die sonntäglichen Gottesdienste zu boykottieren, kam dir das wohl nicht ungelegen. Von nun an gingst auch du nur mehr selten hin.

Nun warst du also verheiratet und wurdest Ehemann. Ihr seid nach Baden gezogen in eine kleine Wohnung über einer Bäckerei mit Toilette auf der Etage. Wie schon bei deiner vorherigen Gastfamilie hast du nebst deiner Arbeit auch immer in der Bäckerei ausgeholfen. Bald wurde der erste Sohn, Eugen, geboren, der Start ins Familienleben. Jetzt warst du Vater.

Etwas später seid ihr nach Aarau umgezogen, wo du eine Stelle im Gaswerk angetreten hast. Du musstest hauptsächlich Kohle schaufeln. Als deine Gesundheit darunter zu leiden begann, zog es euch ein Jahr nach meiner Geburt zurück in deine Heimat. Nicht aufs Land – das kam für dich nicht in Frage. Ihr habt euch in der Stadt niedergelassen, wo du in einer Fabrik für die Herstellung von Verpackungsmaschinen gearbeitet hast bis zu deiner frühzeitigen Pensionierung. Der Neuanfang war wohl härter für dich, als du angenommen hattest. Ich erinnere mich gut, wie oft du niedergeschlagen am Tisch sassest und in wenigen Sätzen zum Ausdruck brachtest, wie du von Leuten aus dem Umfeld deines Dorfes gehänselt und schikaniert wurdest. Es war dein Glück, dass dein Vorgesetzter ein Auswärtiger war, der dich stets unterstützt und dir das Weiterkommen am Arbeitsplatz mit ermöglicht hatte. In Freiburg wurde mein jüngerer Bruder Peter geboren. Nun war die Familie komplett und mit unseren Geburtsorten ein Abbild eurer gemeinsamen Reise.

Mutter hat bis zur Geburt von Eugen gearbeitet. Danach wolltest du das nicht mehr. Sie sollte sich um Kind und Haushalt kümmern, damit du nun, nach Ehemann und Vater, auch die Rolle des Ernährers ganz einnehmen konntest.

Woher nahmst du die Vorbilder für deine Rollen? Dein Vater war als Forstarbeiter die Woche über meist in den Bergen und kam erst am Freitagabend zurück. Sicher hattest du als Kind seine Alkoholexzesse, die häufigen Auseinandersetzungen und die aufkommenden Gewaltausbrüche zu Hause mitbekommen. Es wurde nicht besser, als ihr nach dem Tod des Grossvaters ins Armenhaus übersiedeln musstet und kurz darauf die Mutter starb. Du warst 10 Jahre alt, als ihr verdingt wurdet. Danach sahst du deinen Vater kaum mehr. Ich erinnere mich nicht, dass du je über ihn gesprochen hast. Du wurdest bei einer Witwe untergebracht um ihr auf dem Hof zu helfen. Später kam dein jüngerer Bruder dazu. Ab und zu waren Verwandte da um mitzuhelfen, aber kein Mann, der ständig auf dem Hof war. Von Beginn weg lastete viel Verantwortung auf deinen Schultern. Die Arbeiten mussten erledigt werden, das hatte Vorrang vor allem. Deine Bedürfnisse spielten keine Rolle, zum Ausweinen war niemand da, woandershin konntest du nicht. Du musstest ausharren, aushalten. Vorbilder hätten auch der Priester, der Kaplan oder die Lehrer sein können. Wenn du zu Hause ganz selten eine Bemerkung über Priester oder deine Lehrer machtest, lief mir ein Schauer über den Rücken und es war einer jener Momente, in denen man besser nicht nachfragte.

Was du also aus deinem Umfeld an Rollenvorbildern mitnehmen konntest, war das damalige traditionelle Rollenbild des Mannes, das in ländlichen Gegenden noch ausgeprägter war: Oberhaupt und Ernährer von

Frau und Familie, zuständig für Kontakte nach außen, stark. Auf dieses gesellschaftlich anerkannte Modell konntest du bauen und du tatest es auch, mit derselben Präzision, die auch stets deine Arbeit auszeichnete. So war auch Mutters Rolle klar: Abhängig von und unterworfen einem männlichen Beschützer (Vater, Ehemann, etc.), zuständig für die sozialen Bindungen innerhalb der Partnerschaft und Familie, schwach, emotional und irrational, ausgleichend. Dieses Rollenverständnis bildete die Basis eurer Beziehung. Du konntest dich daran orientieren, es gab dir Halt und es ermöglichte dir, eine neue Identität aufzubauen. Bei euch beiden schürte es jedoch auch lebenslang die fatalen Erwartungen, dass das andere die eigenen und die existentiellen Probleme löst, das Selbstwertgefühl hebt und jedes immer für das andere da zu sein hat.

Mutter hielt sich vordergründig an diese Rollenverteilung wie ein Schweizer Uhrwerk. Dein Wort war Befehl und alleiniger Maßstab. Wenn wir nach einer abschlägigen Antwort von dir bei ihr nachfragten, war die Antwort stets dieselbe: „Was Papa sagt, wird gemacht. Papa sagt, wo's lang geht." Wir merkten jedoch schnell, dass da die Kongruenz fehlte. So sehr wir uns beispielsweise anfangs über seltene Ausflüge freuten, so bald wurden sie uns zum Gräuel. Mutters plötzlich auftretende Übelkeiten oder Kopfschmerzattacken verhinderten regelmässig, dass wir das Ausflugsziel erreichten. Ausnahmen bildeten lediglich die Besuche bei ihren Geschwistern. Da wir kein Auto besassen und Bahnfahrten für die ganze Familie zu teuer waren, waren wir auf

Mitfahrgelegenheiten bei Verwandten und Bekannten angewiesen. Es war mir peinlich, ihre Gutmütigkeit ausgenützt zu sehen, und ich spürte deine Wut. Mutter benutzte nicht die Sprache als Ausdrucksmittel um ihr Missbilligen auszudrücken, sondern Krankheit, die ihr gleichzeitig auch Aufmerksamkeit einbrachte. Und es stimmte deshalb auch nicht, dass das, was du sagtest, auch gemacht wird! Du hast ab und zu „auf den Tisch geklopft" um deine Meinung zu unterstreichen, aber meistens hast du Mutters Hintertür-Taktiken wütend, aber schweigend hingenommen. Was konntest du auch gegen Krankheiten ausrichten? Wir waren diesem Hin und Her ausgeliefert. Ich reagierte entweder mit Fatalismus oder höchster Anspannung: Na ja, mal schauen, was wird, oder ja keinen Fehler machen, um keine Beschwerden zu provozieren. So oder so – um mich ging es ja nicht.

Anna. Ich darf schon in den Kindergarten, auch wenn ich erst vier bin. Endlich etwas Neues, Lernen, andere Kinder, die Welt entdecken! Ich hörte meine Eltern darüber sprechen, weil ja nur der französischsprachige Kindergarten möglich wäre. Der einzige deutschsprachige ist an einer Privatschule, das geht nicht. Und meiner Mutter bin ich neben dem einjährigen Bruder zu Hause zu viel. So habe ich tagsüber etwas zu tun und bin versorgt. Am ersten und den folgenden Tagen kommt Mutter mit mir bis zum Fussgängerstreifen und zeigt mir, wie ich unbeschadet über die Strasse komme. Den Rest des Schulweges begleiten mich andere Kinder. Im Kindergarten dürfen wir in den Kreis sitzen und Mademoiselle Glauser – sie ist steinalt und humpelt, weil sie zwei ungleich lange Beine hat – erzählt. Ich verstehe kein Wort, aber wenn sie mich ab und zu anlächelt, macht es mir Mut. Sie leitet mich auch sehr geduldig an, in ihrem angrenzenden Büro aus dem Schrank einen „pot" zu holen. Nach einigen Fehlversuchen kann ich ihr strahlend den Krug bringen und sie lobt mich. Ich liebe sie dafür. So lerne ich nach und nach die Sprache, die man auch ausserhalb der Wohnung spricht, um sich mit dem Umfeld unterhalten zu können. Natürlich merken meine Kindergartenkameraden schnell, dass ich „Suisse toto" bin. Françoise und Marianne, die beiden kleinen Hexen, beschimpfen mich jeden Tag auf dem Schulweg. Gestern hat's gereicht, ich habe sie verprügelt. Ich glaube, Mariannes Mutter hat nachher meine Mutter angerufen. Aber da diese kein Französisch versteht, war das schnell erledigt. Heute jedenfalls hatte ich Ruhe.

Ich erinnere mich, dass ich mich als kleines Mädchen ab und zu auf deinen Schoss kuscheln durfte. Umarmungen gab es später an Weihnachten oder am Geburtstag und als ich erwachsen war, legtest du mir zum Trost den Arm um die Schulter um mir „Es wird schon gehen", ins Ohr zu flüstern. Diese so seltenen Glanzpunkte, Pa, waren richtig zum Geniessen.

Nach 2 Jahren Kindergarten war mir die französische Sprache in einigen Bereichen näher als die Muttersprache. Als Mutter merkte, dass ich die Zahlen auf Deutsch nicht mehr beherrschte, kaufte sie ein Lottospiel und erkor dieses wann immer möglich zur sommerlichen

Freizeitbeschäftigung. So vorbereitet, startete ich dann im Herbst in die 1. Klasse. Das bedeutete einerseits, dass der Schulweg etwas länger und Ort neuer Entdeckungen wurde, und andererseits durfte ich öfter allein auf den Spielplatz.

Da Mutter nicht französisch spricht und es auch nicht lernen will, müssen wir immer bei den Nachbarn den Schlüssel der Waschküche besorgen und im Lebensmittelladen, der sich im selben Haus befindet, oder in der Bäckerei im Nachbarhaus einkaufen. Zu Hause sprechen wir Aargauer Dialekt wie Mutter, draussen mit unseren Schul- und Spielkameraden Sensler Deutsch und meistens Französisch. Wenn Vater mit seinen Geschwistern telefoniert und Sensler Deutsch spricht, herrscht ihn Mutter immer an: „Sprich richtig!" Wenn er es nicht tut, also immer, schmollt sie und es ist wieder mal ziemlich dicke Luft. Gibt es denn „richtige" und „falsche" Sprachen? Ich verstehe das nicht, freue mich aber insgeheim, Vater seinen Dialekt sprechen zu hören. Er gehört dann irgendwie zu uns, weil wir diese Sprache draussen ja auch sprechen. Trotzdem ist der Preis des Schmollens schwer zu ertragen.

Mutter putzt schon seit einiger Zeit im Spital in der Nachbarschaft Zimmer. Wenn Eugen und ich in der Schule sind, arbeitet sie von 9 bis 11.30 Uhr. Den kleinen Peter nimmt sie mit. Wenn er sich im Aufenthaltsraum lange genug gelangweilt hat, darf er ab und zu den Hausmeister begleiten oder er geht neben dem Blocher her, den Mutter durch die Gänge schiebt. Manchmal gibt sie ihn auch der älteren Dame im Holzhaus neben dem Spital ab. Irgendwann hat Mutter wohl entschieden, ich sei nun mit 7 Jahren gross genug, am schulfreien Tag zu putzen, einzukaufen und zu kochen. Bevor sie also am Donnerstagmorgen jeweils zur Arbeit geht, weckt sie mich, setzt sich auf die Bettkante und erklärt mir, was mit welchem Lappen und welchem Putzmittel wie zu putzen sei, wo der Staubsauger durch müsse, um dann die Einkaufsliste anzuhängen und mit der Beschreibung der Vorbereitung, Würz- und Kochvorgänge der einzelnen Menü-Teile abzuschliessen. Am Anfang sagte sie mir auch immer, wann ich aufstehen müsse, damit die Zeit reiche. Es ist aber ganz einfach. Zeit ist, wenn sie die Wohnung verlässt. Ich muss mich sputen. Alles muss erledigt und das Essen pünktlich um 12.15 Uhr auf dem Tisch sein, damit sich Vater gleich hinsetzen kann. Ich bin ab und zu etwas verzweifelt, weil ich Gewürze vergesse oder Angst habe, zu spät zu sein. Das bin ich selten und dem Donnerwetter dann gewiss. Aber ein wenig stolz bin ich schon, wenn dann das Essen auf dem Tisch steht und Vater mich lobt.

Als Gespenst erscheinst
du mir
schwarz, drohend –
weiss deine
Augen,
gross und weit.
Du bewegst deine
Hände
das schwarze Tuch
füllt den Raum
bedrohlich – drohen,
willst du – mir drohen?

Was lief da zwischen dir und Mutter? Sie machte wohl immer deutlich, dass du das Familienoberhaupt bist. Du gabst die Richtung und die Rollen vor. Wenn ihr jedoch etwas nicht gefiel, untergrub sie es mit einem Krankheitsanfall oder schmollte tagelang. Du durftest deine Muttersprache nicht sprechen, sie war allem Anschein nach „nicht richtig". Ich fasse noch heute nicht, dass du nie etwas zu all dem gesagt hast! Habt ihr je offen über eure wahren Absichten, Bedürfnisse und Sorgen gesprochen? Deine Kindheit war auch für Mutter nie ein Thema. Sie wechselte es, wenn wir danach fragten, sofort und unterstützte so dein Schweigen. Sie hielt alles, was irgendwie mit deiner Kindheit zu tun hatte – bis hin zur Sprache und wenn immer möglich auch den Kontakt zu deinen Geschwistern – von dir fern. Sie wollte nicht, dass du leidest, also übernahm sie es für dich. Zudem hielt sie deinen Familienthron so dermassen hoch, dass es euch beiden nicht möglich war, ihn zu erklimmen. Wir Kinder standen am Fusse dieses Throns und versuchten alles, euch so gut wir konnten zu sichern.

Für mich bedeutete dies, dass ich genau so funktionieren musste, wie ihr das erwartet habt. Gehorsam sein, brav sein, alles dafür tun, damit es euch Eltern gut geht. Als kleines Mädchen fragte ich Mutter einmal, warum sie mich eigentlich liebe. Sie antwortete: „Weil du meine Tochter bist." An das Gefühl des Entsetzens, welches diese Antwort in mir hervorrief, erinnere ich mich bis heute. Es bestätigte die Ahnung, die ich hatte: Ich wurde wegen meiner Rolle geliebt und dies nur dann, wenn ich sie zur Zufriedenheit ausfüllte. Nicht wegen mir. Jedes von uns hatte eine Rolle in dieser Familie. Sie sollte das Funktionieren dieser Gemeinschaft garantieren. Wer waren wir sonst? Wer war ich sonst? Egal wie es uns ging, das Familienrad musste am Laufen gehalten werden. Natürlich wurden wir gepflegt, wenn wir krank waren. Konnte ich wegen Bauchschmerzen kaum stehen, lautete Mutters lapidarer Kommentar: „Das hatte ich auch." Ich bekam einen Kräutertee, der mich würgte, und half weiter. Kam es vor, dass ich mich hinlegen oder das Bett hüten musste, hatte ich ein schlechtes Gewissen, weil Mutter meine Aufgaben zusätzlich übernehmen musste. Kranksein hiess „Nicht funktionieren" und war immer mit Schuldgefühlen verbunden, deshalb liess ich es wenn immer möglich sein.

Und du? Du schweigst. Ich spürte zwar deine und immer mehr auch meine Wut. Aber, Pa, mit deinem Schweigen hast du uns hängen lassen! Deine Angst, dass dich das abhanden gekommene Selbstvertrauen des Verdingkindes einholen und dich als Familienoberhaupt versagen lassen könnte, hatte dich fest im Griff. Mutter hat diese Angst übernommen.

Anna. Alle sind nach dem Nachtessen schon vom Tisch aufgestanden. Mutter hantiert mit dem Geschirr am Spültrog. Nur der dreijährige Peter und ich sitzen noch am Tisch. Wir müssen zuerst unsere Teller leer essen, bevor wir den Tisch verlassen dürfen. Als das erledigt ist, verlangt der Kleine, den Teelöffel in der Hand haltend, noch vom wenigen Rest der Süssspeise, die noch in der Schüssel schwappt. Mutter hält den Löffel zum Schöpfen schon in der Hand, da murmle ich: „Ich möchte auch noch gern." Der Knall, mit dem die Schüssel vor mir landet, lässt den Teelöffel aus meiner Hand fallen, in der gleich darauf der Suppenlöffel steckt. Das gekreischte „Dann friss es!" treibt mir die Tränen in die Augen. Sie schiebt die Schüssel noch näher zu mir und schreit erneut: „Friss! Alles!" Was vorher im Mund zerging, versuche ich nun schluchzend hinunterzuwürgen. Was habe ich falsch gemacht? Ich habe doch anständig gefragt. Ist es so, dass ich erst nachfragen darf, wenn niemand sonst mehr etwas essen will? Wohl schon, anders kann ich mir Mutters Reaktion nicht erklären. Die nächsten zwei Tage spricht sie ausser dem Allernotwendigsten nicht mehr mit mir und schaut mich auch nicht mehr an. Ich war also schuldig, keine Frage. Um diese Zeit des Ignorierens zu verkürzen, versuche ich alles: einschmeicheln, alle Arbeiten, die ich erkennen kann, sofort erledigen oder ihr ganz einfach aus dem Weg gehen. Es nützt nichts, ich weiss das. Irgendwann geht es immer vorbei, aber das Aushalten ist schwer. Ich werde von jetzt an am Tisch nicht mehr für Essen nachfragen. Meistens bleiben Resten übrig, und da ich sowieso beim Abräumen helfen muss, kann ich da noch etwas nachnaschen.

Kugel – rund
ganz
ganz – heitlich
vollkommen
voll kommend
in ihrem Umfang
voll gebend
in ihrer Güte
voll nehmend
all das
was sie – und
uns
ausmacht
um all – eins
zu sein.

Wir hatten nicht sehr oft Kontakt zu deinen Geschwistern, wesentlich weniger jedenfalls als zu jenen der Mutter. Aber die Momente, in denen ihr euch begegnet seid, waren geprägt von Fröhlichkeit und Lachen. Die Selbstironie deiner Schwestern war kaum zu überbieten, die Treffen tränenreich. Sie gehören zu meinen schönsten Kindheitserinnerungen, auch weil ich spürte, dass es dir dort wohl war und sich dein Vorhang für einen Augenblick lichtete. Ihr wolltet euch finden, wolltet wissen, zu wem ihr gehört, wer der/die andere war. Eure Beziehungen untereinander hingen stets an einem seidenen Faden. Den glücklichen Begegnungen folgten nicht selten von Verletzungen geprägte längere Trennungen. Doch ihr habt immer wieder zum Lachen zurückgefunden, habt den Weg zueinander immer wieder neu gesucht und beschritten. In der Familie meiner Mutter wurdest du wohlwollend aufgenommen. Trotzdem kamst du dir oft minderwertig vor, wenn alle in ihr eigenes Haus einluden oder du dich ihrer lauten Wortgewandtheit nicht erwehren konntest.

„Eşoleşek!", tönte es aus der Stube und wir wussten: Yusuf war da! „Willst du malen? Komm, Neuhaus, ich dir helfen!" Er war so goldig, dein türkischer Freund – immer da, wenn du ihn brauchtest, ein herzensguter Mensch und ein begnadeter Zeichner. Mit seiner bezaubernden Frau waren sie für uns Kinder weit mehr als Onkel und Tante. Dann waren da Fred und Michel, das Paar, das bei uns stets eine offene Tür fand und uns mit Hand- und Tischtüchern eindeckte. Über eine lange Zeit bereicherten sie mit ihrer Anwesenheit unsere Nachtessen und Abende. Mutter lernte dank ihnen Fondue und andere leckere Sachen kochen und wir durften ihre elektrischen Geräte ausbrauchen. Die Konsequenz des Geschirrspüler-Geschenks war zwei Mal die Woche eine überschwemmte Küche. Wir liebten sie trotzdem heiss, die beiden. Dann war die jugoslawische Familie, deren kleinen Sohn Mutter hütete, oder der Vater der italienischen Familie im Haus, den du eingeladen hattest, sich mit dir Fussballländerspiele im Fernsehen anzusehen, weil sie noch keinen Farbfernseher besassen. Die aufkommende Italianità in der Stube war wunderbar. Und dann lerntest du mit 52 Jahren mit deinem Freund aus Österreich Auto fahren. Du warst bereits krank. Mit ihm jedoch wagtest du dieses Unterfangen, und nur mit ihm konnte es gelingen.

Ich erinnere mich kaum an freundschaftliche Bande zu einheimischen Familien. Natürlich pflegten wir Kinder Kontakte zu unseren Schulkameraden und ihr jene mit anderen im Haus. Für die sozialen Kontakte der Familie warst vor allem du die treibende Kraft. Und jene hatten wir meist mit damals so genannt randständigen Menschen oder Menschen ausländischer Herkunft. Sie alle waren einfach da, unvoreingenommen und herzlich. War es das? Konntest du in diesen Beziehungen dein Stigma ablegen und einfach du sein? Du brauchtest dich nie zu fragen: Was wissen die? Wie muss ich mich nun verhalten? Was geschieht dann? Du brauchtest nicht zu befürchten, dass am nächsten Morgen am Arbeitsplatz Gespräche aus der Familie als boshafte Gerüchte kursierten.

Ich genoss diese Begegnungen sehr. Da schimmerte etwas von deiner Lebensfreude durch und die Spannung, die sonst unsere Wohnung erfüllte, wurde etwas gelockert.

Deine persönlichen Kontakte pflegtest du vor allem im Feuerwehrkorps der Stadt, dem du lange Jahre angehörtest. Durch deinen Einsatz und deine Leistung erwarbst du dir dort grosse Anerkennung.

Es zieht – es zieht
mich weiter
zu träumen
zu planen
zu tun

Es zieht – es zieht
mich weiter
weiter
weiter

Es zieht – es zieht
es
er
der Fluss,
der in allen Dingen
fliesst
nicht hält – fliesst
ohne mir – mit mir
fliesst
Ich kann springen
in den Fluss
fliessen
im Fluss
fliessen
mit dem Fluss
ich kann
ich könnte
ich möchte
ich würde –
wenn

es nicht so kalt wäre,
noch jemand da wäre,
wenn
es nicht so viele Steine hätte,
die Fische nicht so schlüpfrig täten,
wenn
es schön gemächlich ginge,
keine Schluchten
das Bett in die Enge quälten
ja
ich würde
doch ich bin
mittendrin.

Anna. Meine Freundin überredete mich, in den Turnverein einzutreten. Wir machen Gymnastik, treten an Turnabenden und -festen auf, sogar im Ausland. Etwas später wird mich auch die Leichtathletik begeistern. Ich bin nun also zwei bis drei Mal die Woche abends fürs Training unterwegs und geniesse diese Freiheit unbeschreiblich. Wenn ich mich nach den Leichtathletik-Trainings allein auf den Heimweg mache, wähle ich meist die dunkelsten und abgelegensten Wege, um meine Angst zu überwinden. Zu diesem Selbsttraining gehört, dass ich mir andauernd auf diesen dunklen Wegen vorsage: „Mich will sowieso niemand. Was soll denn jemand mit mir. Ich bin gar nicht wichtig…" Dasselbe Prozedere übernehme ich in der Stadt beim abendlichen Vorbeigehen an Betrunkenen und Pöbelnden. Es wirkt immer besser – die Angst wird weniger.

In den Trainings setze ich mich voll ein. Ich will gute Resultate erreichen und meine Freundin, die eine Top-Kunstturnerin ist, nicht enttäuschen. Und vor allem hoffe ich sehr, dass, wenn ich wirklich gut bin, Mutter und Vater vielleicht doch einmal einen Wettkampf oder eine Gymnastikvorführung besuchen werden und ein wenig stolz auf mich sind.

Ich hatte vergeblich gehofft, Pa. Ihr habt nie einen Wettkampf besucht. Wohl aber jedes Jahreskonzert der Musikgesellschaft, in der Peter als jüngstes Mitglied schon spielen durfte. Ihr wart zu Recht so stolz auf ihn. War ich nicht gut genug? Wenn ich von meinen Leistungen nach einem Wettkampf berichtete, waren eure Kommentare sehr schlicht: „Gut", oder „Hm. Das nächste Mal dann." Wie konntest du nicht merken, wie sehr ich danach lechzte, von euch nicht nur als hausarbeitende Tochter mit den erwarteten und von euch erlernten Fähigkeiten wahrgenommen zu werden, sondern auch als eigenständige Person, die Fähigkeiten hat, die ihr entdecken und auf die ihr hättet stolz sein können? Mit 15 Jahren, am Ende der obligatorischen Schulzeit, beendete ich die Gymnastiktrainings. Vor der letzten Aufführung setzte ich euch mit den Konzertbesuchen bei meinem Bruder so unter Druck, dass ihr tatsächlich gekommen seid, so spät, dass es keinen Sitzplatz mehr gab. Ich erinnere mich nicht mehr, ob ihr bis am Schluss geblieben seid, aber daran, dass ich den Heimweg ohne euch ging. Die Leichtathletik-Trainings besuchte ich noch weiterhin. Meine Leistungen blieben jedoch konstant und verbesserten sich, trotz des Wissens um mein

Potential, nicht. Der Druck auf der Brust nahm immer mehr Platz ein, die Enttäuschung und das Verletztsein, dass ich euren Ansprüchen nicht genüge und ich euch wohl egal bin. Die Trainings ergaben somit keinen Sinn mehr.

Viele Jahre später erzählte mir Peter, er hätte damals auch nie den Eindruck gehabt, dass ihr wegen ihm und der Musik die Konzerte besucht hattet, sondern um euch bei seinem Mentor erkenntlich zu zeigen. Vor den jeweiligen Konzertbesuchen ermahntet ihr ihn streng zu erwünschtem Verhalten, ohne das ihr die Besuche einstellen würdet. Am Konzerttag musste er dir regelmässig bei schweren Gartenarbeiten helfen, was seiner Fingerfertigkeit für den abendlichen Auftritt nicht gerade förderlich war. Unsere Welten schienen unendlich weit voneinander entfernt.

Freiheit beginnt da, wo Fremd-Sein aufhört

„Werde Lehrerin", sagtest du immer zu mir, wenn ich nicht wusste, was ich lernen sollte. „Werde Lehrerin, das ist ein sicherer Arbeitsplatz." Weshalb kamst du ausgerechnet auf diesen Beruf?

Nachdem ich die Aufnahmeprüfung ins Lehrerseminar bestanden hatte, warnte mich ein Lehrer in der Sekundarschule: „Diese Schule ist kein Ort für dich!" Ich verstand nicht, was er damit meinte.

In welches Wespennest war ich da bloss hineingetreten! Es war nicht bloss eines, das mir in die Seele stach, dir nahm es den Lebensmut. Du sahst all das wieder auf dich zukommen, was du hinter dir glaubtest, was du so standhaft von uns fernzuhalten versuchtest. Nun kam es durch mich wieder mit voller Wucht auf dich zu:

Das Ausgeschaltetwerden, das Nicht-dazu-gehören-Dürfen, das Ausgeliefertsein. Und dann war es die Vernetzung der Personen – dein Lehrer war der Schwiegervater meines Direktors – die deine Zeit mit meiner verband und die ein Entrinnen für dich unmöglich machten. Das tiefe, donnerähnliche Grollen, das deine seltenen Kommentare zu meinen Studienschilderungen begleitete, liessen mich deine tiefen Verletzungen erahnen und überzogen meinen Körper mit einem Frösteln.

Du sassest in der Falle! Es gab kein Entkommen. Deine Möglichkeiten waren erschöpft, deine Freiheiten hier beendet. Es begann deine lange Krankheit, die dich zum Sterben führte.

Anna. „Stellt euch der Grösse nach an die Wand!"
Tatsächlich trotten wir am ersten Schultag ins Schulzimmer und stellen uns ebenso tatsächlich der Grösse nach an die Wand. „Die Kleinsten sitzen nach vorne, die Grössten nach hinten. Los, los!", ertönt von vorne das Kommando. Die Lämmer gehorchen. Sprachlos. Fassungslos. Hefte werden verteilt. A4-Format. „Zählt 35 Häuschen nach unten, 19 Häuschen nach rechts. Schreibt: 1. Deutsche. Zählt: 3 Häuschen nach unten, 19 Häuschen nach rechts. Schreibt: Deutsch-Aufsatz."
So geht es weiter. Heft für Heft. Ich kann, was sich hier abspielt, ganz einfach nicht glauben! Und langsam erahne ich, was mein ehemaliger Lehrer mit seiner Warnung hätte meinen können. Mir wird heiss und kalt. Soll das die pädagogische Ausbildung der nächsten 5 Jahre sein? Ich will Lehrerin werden! Ist dies der Umgang mit Schülerinnen, der einem hier beigebracht wird? Welches Menschenbild scheint diese Schule zu prägen? Ich bin zutiefst erschreckt, die aufkommende Panik lässt mich schauern. Am liebsten würde ich aufstehen und gehen. Das Gefühl, hier am falschen Ort zu sein, glimmt auf. Nein! Es darf nicht sein – nicht jetzt schon, nach einer knappen Stunde!

Ich will Lehrerin werden – ich soll Lehrerin werden! Da ist diese Gewissheit, dass etwas anderes in diesem Moment nicht möglich ist.

Zweieinhalb Jahre später. Zwischenpause. „Komm mit, ich muss mit dir sprechen." Mit kurzen Schritten, leicht vornübergebeugt schreitet der Klassenlehrer auf den Korridor und steuert den Aschenbecher an der Wand an. Er zündet sich eine Zigarette an, ringt nach Worten. „Möchtest du nicht einen anderen Beruf lernen?" Nach einem Moment der Fassungslosigkeit finde ich den Atem wieder: „Wie – einen anderen Beruf lernen?" „Ja, Hebamme wäre doch auch schön oder Kinderkrankenschwester. Das sind auch sehr soziale Berufe." Was will der Mann von mir? „Nein", entgegne ich, „ich werde Lehrerin! Weshalb soll ich einen anderen Beruf lernen?"

„Deine Noten werden schlechter. In der Lehrerkonferenz haben wir das besprochen." Meine Note – n! So sehr ich mich auch bemühe, ich finde keine einzige ungenügende Note und weiss, dass ich im Klassendurchschnitt liege. Na ja – Psychologie! Dort habe ich noch gar keine Note. Die Prüfungsaufgaben scheinen mir jeweils so absurd, dass ich dem Lehrer lieber in einem Brief meinen Unmut darüber kundtue. Doch das kann es nicht sein. Er spricht ja von Noten! Also – was will der Mann von mir? „Überlege es dir. Wir wollen nur das Beste für dich." „Darüber brauche ich nicht nachzudenken. Ich will keinen anderen Beruf lernen!" „Wir werden sehen."

O ja. Sie sehen – und wie! In jedem Heft, auf jedem Blatt. Eine 4.5 – siehst du – deine Noten werden schlechter! Jetzt bist du dann bald auf einer 4! Dann wird es schwierig! Deine Schrift ist zu klein. Hast du es nicht gelernt? Das ist doch ganz einfach! Schon wieder eine 4.5. Du weißt, was das heisst! Heiss! Heiss! Eine 3.5 in Mathematik – am Ende des Schuljahres.

Mit einem Mitschüler verbringe ich also die Sommerferien mit Lernen. Wir haben alles durchgeackert, mehr gibt es nicht zu tun. Ich bin mir meiner Sache deshalb recht sicher, und ich will mich auf keinen Fall so von der Schule weisen lassen. Guten Mutes und voller Zuversicht stehen wir also an diesem Montagmorgen in der Eingangshalle der Schule. Alles ist leer, still. Das schummrige, graue Licht unterstreicht das Bedrückende, das mir in diesen Räumen immer wieder den Atem nimmt. Die Wände: Ist das grau, gelb, weiss? Nichts von alledem und doch alles. Es ist schmutzig! Darüber täuschen auch die ferienbedingt hochglanzpolierten Böden nicht hinweg. In diesem Moment will ich jedoch einzig die Zuversicht behalten. Und da ist, tief innen, auch diese Wut, die in letzter Zeit immer mehr Raum einnimmt.

Der Direktor kommt auf uns zu. Eine Begrüssung lässt er wie immer aus, fragt stattdessen: „Was macht ihr, wenn ihr durch die Prüfung fallt?" – „Was??" – Noch mal dieselbe Frage. Der Boden scheint sich unter mir aufzutun, mein Herzschlag setzt aus, die Atmung stockt, mein Kopf ist leer. Von weit her vernehme ich den Mitschüler: „Dann mache ich weiter." Zwei Augenpaare sehen mich an und ich höre mich sagen: „Dann höre ich auf, dann bin ich zu dumm für diese Schule!"

Irgendwann ist sie wieder da, die Wut, die dem Kampf den Weg bereitet und mich durch die Seminarzeit trägt. Es gibt keine Alternative. Ich werde Lehrerin. Zumindest habe ich am Ende der Studienzeit ein Diplom in die Hände gedrückt bekommen. Das Schlechteste der Klasse. Prädikat: genügend. Aber ich habe es geschafft – allein.

Mein Mitschüler hatte die Prüfung bestanden.

Ein Gefängnis,
dessen unsichtbare Gitterstäbe
sich täglich neu
durch die Fluten bohren

Diese letzten drei Ausbildungsjahre hatten bis zum Äussersten an meinen Kräften gezehrt. Wenn ich ab und an zu Hause meine Wut und meine Verzweiflung zum Ausdruck brachte, war dein steter und einziger Kommentar: „Sag nichts, mach einfach deine Sache." War dir klar, dass du damit nichts anderes sagtest, als dass ich ausgeliefert bin? Ich wusste genau, in dem Moment, in dem ich das akzeptierte, würde ich mein Leben aufgeben.

Neben meiner schwierigen Schulsituation liefertest du dir zu Hause mit Mutter einen unerbittlichen Wettkampf: „Wer hält länger durch!" oder war es „Wer kippt als zweite(r) um?" Nein, es war: „Wir müssen funktionieren!" Egal, ob das Herz mitmachte, im Garten musste umgestochen werden. Egal, wie der Rücken schmerzte, der Wäschekorb musste völlig überladen ächzend herumgeschleppt werden. Aber ich war ja da und glücklicherweise zur Diplomvorbereitung zu Hause. Jedes Mal fragtest du: „Kommst du auch in den Garten?", worauf jedes Mal meine Antwort folgte: „Nein, ich muss lernen." „Ach ja, lern nur." Nach etwa zwei Stunden schickte mich Mutter mit sorgenvollstem Gesicht zu dir in den Garten um nachzusehen, ob alles in Ordnung sei, und um dir beim Umgraben zu helfen. Die zwei Stunden zuvor verliess ich meine Arbeit so oft, wie es das

Wäschewaschen erforderte. Jeder Tag meiner Vorbereitungszeit lief nach diesem Muster ab. Kannst du dir meine Verzweiflung vorstellen? Hatte ich diese vier letzten Jahre durchgestanden, damit ihr, meine Eltern, mich jetzt, kurz vor dem Ziel, mit einem Handstreich vom Weg fegt? Ich rettete mich, indem ich die nächste Vorbereitungswoche mit zwei Kolleginnen in einem Haus am Genfersee verbrachte.

In dem Masse, in dem ihr euch mit eurer Funktionstüchtigkeit quasi duelliertet, wuchsen meine Verwirrung und meine Schuldgefühle. Ich übernahm immer mehr den Familienhaushalt. Nichts schien euch mehr wichtig zu sein. Mutter gelang es, die Sorge um dich als brennende Fackel in die Mitte des Familienbewusstseins zu stellen. Alles andere schien darin zu verbrennen. Es gab keine Worte für das, was uns beschäftigte, dein möglicher Tod hing wie ein Schwert über uns.

Du bist immer wieder aufgestanden, nahmst nach jedem Spitalaufenthalt deine Arbeit wieder auf und hast das Pensum jeweils wieder erhöht, bis du dich endlich zu der Einsicht durchringen konntest, dass eine halbe Stelle reicht.

Dein ganzes Leben lang hast du funktioniert. Früher hatte nie jemand gefragt, wie es dir ging, ob du noch magst. Wer du als Person warst, was du dachtest oder fühltest, interessierte nicht, nur die Arbeit war wichtig.

Mit der Familiengründung konntest du diese Haltung fortführen. Es war das, was du kanntest, was dir Sicherheit gab. Deine Arbeit garantierte unseren Unterhalt – also funktioniertest du weiter. Und als du krank wurdest? Da war es dein Halt. Wenn du schon nicht mehr voll arbeitsfähig warst, konntest du wenigstens im Garten deinen ganzen Einsatz zeigen. Und es war dir wichtig, dass wir es sahen. Natürlich rühmten wir dein wunderbares Gemüse. Doch wenn der Blumenkohl auf dem Teller ungeniessbar nach der Brennnesselbrühe stank, mit der du ihn gegen Ungeziefer behandelt hattest, wurdest du wütend, weil du fandest, er sei gut essbar. Also schwiegen wir weiter. Noch als wir als junge Erwachsene bei Gartenarbeiten halfen, zeigtest du uns jedes Mal, wie wir die Werkzeuge in die Hand nehmen mussten, und du prüftest am Schluss peinlich genau, ob sie auch wieder sauber gewaschen waren. Es war eindeutig dein Reich! Wir wussten das und nahmen auch deine „Einführungskurse" zähneknirschend hin.

Als du jedoch eines Tages Peter, der für seine beiden parallel laufenden Studienrichtungen hart arbeitete, beim Umgraben im Garten zuriefst, er sei ein fauler Hund, da war es genug. Er stiess den Spaten in die Erde und liess dich stehen. Die Distanz zwischen deiner und unserer Welt war markiert. Und das Schweigen hielt an.

Leere macht sich breit
immer wieder,
so,
als gäbe es nichts
ausser ihr.
Wo ist die Tür?
Leere, die bewegt,
die umspült,
umarmt und umschlingt.
Immer so, dass der Blick
auf das scheinbar Unerreichbare
gewahrt bleibt.

Mein älterer Bruder beendete sein Studium gleichzeitig wie ich – und wir fanden beide keine Stelle. Deine Welt geriet noch mehr ins Wanken. Du hattest mit Mutter alles getan, um uns eine Ausbildung zu ermöglichen, die euch verwehrt worden war – ein Studium, das dir als Hand-Arbeiter, gewohnt, die Früchte deiner Arbeit zu sehen, eh immer etwas suspekt war. Doch du hattest dich darauf eingelassen – und nun trug der Baum keine Früchte. Hattest du nicht manchmal gezweifelt, ob nicht doch eine Berufslehre der bessere Weg gewesen wäre, etwas, wovon du eine Vorstellung gehabt hättest? Du wusstest nicht, was wir hinter unseren Büchern taten. Die Inhalte unserer Studien waren kaum je ein Gesprächsthema. Es war alles so weit weg von dem, was du kanntest. Und dann war da auch die Angst, dass wir uns so weit von dir entfernen, dass du uns nicht mehr verstehen könntest. Wo wäre dann dein Platz in diesem von

Rollen geprägten Familiengefüge? Du warst immer ein engagierter Beobachter des politischen Umfeldes und brachtest immer wieder Themen an den Mittagstisch. Dein Schweigen und deine Unsicherheit stiegen in dem Masse, in dem das Alter und die Studien meiner Brüder fortschritten.

Du wurdest etwas versöhnt, als mein Bruder nach einem dreiviertel Jahr eine gute Stelle fand.

Für mich ging die Suche weiter. Irgendwann fand ich heraus, dass man auf dem Land keine so genannte Städterin als Lehrerin wollte. Zuerst wählte man die Leute aus dem eigenen Dorf, wenn keine da waren, die aus dem Nachbardorf oder dann gehörte ich zu guter Letzt der falschen Religionsgemeinschaft an.

So stapelten sich meine zurückgewiesenen Bewerbungsdossiers im Laufe der Jahre. Du wurdest immer schweigsamer – und wütender. Als sich herausstellte, dass ich auch in der Stadt keine Stelle fand, weil das Seminar schlechte Referenzen erteilte, kam es mir vor, als würdest auch du den Glauben an mich verlieren. Du tatest das, was du immer tatest: Du schwiegst und zogst dich zurück.

Nach drei Jahren, in denen ich jede Arbeit annahm, die sich mir bot, fand ich eine Stelle als Lehrerin in einem kleinen Dorf. Ich freute mich so sehr darauf, endlich ausziehen zu können! Ich wollte den unausgesprochenen und ausgesprochenen Schuldzuweisungen endlich entfliehen, nicht mehr verantwortlich sein, wenn es dir schlechter ging. Das stete Schweigen hing wie eine zentnerschwere Glocke über mir.

*Der Himmel
öffnet sich –
ich kann das Licht
sehen –
mit erhobenem Kopf*

Anna. Endlich eine eigene Wohnung! Endlich Raum, endlich Platz. Ich kann mich bewegen, wie es mir gefällt. Ich darf mich bewegen, wie es mir gefällt.

Die Arbeit bereitet mir grosse Freude. Meine Freizeit geniesse ich: Ich stehe an meinen freien Tagen zur selben Zeit auf wie früher – es gibt ja etwas zu tun. Wenn ich nicht weiss, welche Musik ich gerade hören will, schalte ich das Radio ein.

Was tat ich sonst immer am Samstag? Einkaufen, putzen und Kuchen backen. Irgendjemand, der gerne zu Kaffee und Kuchen eingeladen wird, kommt am Sonntag immer an dem Haus hier vorbei. Waschen! An welchem Tag soll ich denn waschen? 1 Haus – 2 Wohnungen – 2 Waschmaschinen – kein Waschplan! Also kein Plan: Waschen, wenn der Korb voll ist und die Sonne scheint zum Aufhängen.

Mit Schrecken stelle ich fest, dass ich nicht weiss, welche Bedürfnisse, welche Neigungen ich habe, was mir Freude bereitet, was ich mag.

Ich liebe meine Arbeit in der Schule. Meine verbliebenen Unsicherheiten aus der Seminarzeit versuche ich mit Engagement und Einsatz wettzumachen. Meinem Kollegium – einem Lehrer und zwei Lehrschwestern – die die letzten 15 Jahre unter sich waren, gefällt das weniger. So steht jeden Monat der Schulinspektor zur Kontrolle in meinem Schulzimmer. Am Unterricht beanstandet er nichts. Als ich seinen schmierigen Annäherungsversuchen ausweiche und mich gegen die Kontrollbesuche wehre, ist es Zeit, die Schule zu verlassen. Zeit auch, etwas Distanz zu gewinnen. So verbringe ich die nächsten vier Jahre in der Privatwirtschaft.

*Nicht der Weg zählt,
sondern die Schritte,
die du gehst.*

Wie bist du erschrocken, als ich meine Heirat ankündigte! Warst du wirklich so überrascht? Es war die Rolle, die mir zukam, auf die ihr mich vorbereitet habt, und die Zeit schien gekommen, sie einzunehmen – dachte ich zumindest.

Nein, ich war mir überhaupt nicht sicher – weder über den Mann und schon gar nicht über diese Ehefrauenrolle. Beim Thema Kinder geriet ich gleich ausser mir. Meine Haltung war eindeutig und klar: Es kam nicht in Frage! Wenn ich auch den Grund dafür lediglich ahnte, an diesem Nein gab es nichts zu rütteln. Das Gefühl, dass da etwas war, was ich meinen Kindern auf keinen Fall mitgeben wollte, liess mich alle Schranken hochfahren.

Da war dieses Schweigen in mir, das sich nicht bewegte. Immer wieder versuchte ich, wenigstens ein kleines Stück deines Vorhanges zu lüften. Ich kam nicht mal in dessen Nähe. Das Unausgesprochene, das dahinter lag, hatte unser Familienleben mehr geprägt als alles andere. Es machte uns zu Statisten im Familienstück. Jedes war ein kleines Rädchen in diesem Gefüge, jedes hatte seine Aufgabe. Wenn ein Rädchen einen Zahn verlor, passten sich die anderen an. Gab's ein Ölleck, wurde der Druck erhöht. Niemand war wichtig – alle waren wichtig. Keiner wusste, wer er selber war, und auch nicht so genau, wer da neben ihm sass. O ja, es war machtvoll, dieses Schweigen! Wir funktionierten wunderbar.

Ausserhalb der Familie wurde es auf andere Art sichtbar und war doch anders. Wenn wir Kinder etwas entdecken wollten, wurde ich vorgeschickt. Ich ging einfach drauflos – es gab mich, und doch nicht – ich hatte deshalb nichts zu verlieren und brauchte daher auch keine Angst zu haben. Wenn ich mich für entwendete Spielsachen mit Jungen prügelte, verlieh eine tief sitzende Wut meinen Fäusten und Füssen Siegeskräfte. Da draussen stand mir die Welt offen und ich wollte Teil haben daran, so viel wie möglich. Ich wurde immer ruheloser, als ob die Geschwindigkeit als Zentrifuge das Funktionale einfach hinausschleudern könnte.

Als mir bewusst wurde, dass ich in meiner Ehe die Funktion „Haus-/Ehefrau" übernommen hatte, reichte ich die Scheidung ein.
    Für meinen Mann bedeutete dies, dass er als Ausländer seine Niederlassungsbewilligung verlor. Eines Morgens verliess er wie gewohnt die Wohnung und kehrte nicht mehr zurück.

Du holtest mich am Tag der Scheidungsverhandlung am Bahnhof ab und wir gingen den Weg zum Gerichtsgebäude zu Fuss. Mir schlotterten die Knie, du schwiegst. Ein Freund erwartete uns bereits. Ihr stelltet euch in der Eingangshalle auf, bereit alle eventuellen Einmischungen von Freunden meines Mannes abzuwehren. Ich stieg die zwei Stockwerke zum Gerichtssaal hinauf und sass allein einem Richter, vier Beisitzern und einer Gerichtsschreiberin gegenüber. Nach einer Stunde war das Prozedere vorbei, ihr hattet natürlich keinen Einsatz und nichts hielt uns mehr davon ab, das Ende der Geschichte zu feiern.

Es war das einzige Mal, dass du dich mit deiner Präsenz für mich gewehrt hattest.

Wie ist es möglich,
ihr zu entkommen?
Der Peitsche,
die mich immer wieder
da hin prügelt,
wo ich nicht sein will:
an den Platz,
auf dem es für mich
keine Wahl gibt,
an dem die anderen
alles klar machen
um ihrer Macht willen
an dem nur Kampf bleibt,
den ich auch
mit mir selber führe –
um meine Selbstverständlichkeit.

Anna. Als mein Freund Raul am Abend nach Hause kommt, leuchtet auf seinem Gesicht dieses Strahlen, das jeweils seine Überraschungen ankündigt. Solche gab es immer wieder: Schmuck, Kleider, Glas- oder Steinfiguren – richtig tolle Sachen! Er legt auch sofort ein grosses Geschenkpaket auf den Tisch: „Mach auf! Schau, ob's passt." Die Verpackung gibt zwei wunderschöne Kleidungsstücke preis. Da übermannt mich die Verzweiflung. Ich schreie Raul hysterisch an: „Hör auf damit! Ich will das nicht! Nimm es wieder mit!" Er ist konsterniert: „Ich wollte dir doch nur eine Freude machen." „Ja", schluchze ich, „aber es ist zu viel und ich weiss nicht, was ich damit tun soll."

„Trage Sorge dazu. Wir hatten nie so etwas." Es war dir wichtig, dass wir zu allen Dingen Sorge tragen, dass wir das, was da ist, respektieren. Und selbstverständlich und umso mehr erwartetest du es bei Geschenken, die meist – entweder von Mutter oder von dir – mit dieser Bemerkung verteilt wurden. Ja, uns ging es gut, wir hatten alles, was wir brauchten! Euch ging es als Kinder schlecht, ihr hattet nichts. Beim Schenken wurdet ihr daran erinnert, und die Erinnerung schmerzte. Wir spürten das, ebenso wie die Erwartung der Freude darüber, was ihr euch für uns geleistet habt. Weder meine Brüder noch ich wollten, dass ihr wegen unserer Geschenke an euren Erinnerungen leidet. Nicht auch noch an Freudentagen leiden! Dann lieber auf Geschenke verzichten. So kam es, dass wir uns immer mehr gegen Geschenke wehrten. Wenn Mutter uns als Jugendliche fragte, was wir zu Weihnachten oder zum Geburtstag möchten, haben wir alle Drei gleich reagiert: „Nichts! Bitte nichts!" Sie war darüber oft traurig. Am Geburtstag gratulierte sie und deutete entweder mit einem „Hier" auf einen Umschlag mit Geld, der auf dem Tisch lag, oder sie erklärte, wo man ihn holen konnte – und litt, wie du auch. Das hat sich nicht geändert. Ich konnte mich nie überwinden, mit diesem Geldgeschenk etwas Besonderes zu kaufen. Es floss in die Haushaltskasse und es war gut so. Meinen Geburtstag würde ich noch heute am liebsten vergessen, und ich hoffe immer, dass dies auch alle anderen tun, um mich dann doch jedes Mal über die Aufmerksamkeiten zu freuen. Zum Feiern bin ich jeweils ein paar Tage danach hoch motiviert und überlege mir, welche Riesenfete im nächsten

Jahr steigen soll mit tausend Begründungen für all jene, die nur runde Zahlen feiern. Ich will ja authentisch sein, feiern kann man alles, rund und eckig. Bis die Einladungen verschickt werden sollen, übe ich Stillschweigen. Danach erst recht.

Dann gab es die Geschenke, die du selber hergestellt hattest: einen kleinen Briefbeschwerer aus Messing-Abfallmaterial zum Beispiel oder eine kleine Schachtel voller Hufnägel, die du als Anhänger verzinkt und mit einer Öse versehen hattest. Da war nicht Geburtstag oder Weihnachten, da war nicht Leiden. Du fandst das Material irgendwo und hast daraus etwas hergestellt. Es war nicht mit Geld verbunden, sondern mit dir. Diese Geschenke begleiten mich noch heute.

Anna. Die vier Jahre in der Privatwirtschaft erlaubten mir, Abstand zu gewinnen und das Leben schnuppern zu dürfen, das ausserhalb vom Schulbetrieb existierte. Die Möglichkeiten, die ich mit meiner Ausbildung in der Privatwirtschaft habe, sind sehr eingeschränkt, und die Arbeiten erfüllten mich nicht wirklich. Es war Zeit, wieder in die Schule zurückzukehren, dahin, wo ich eigentlich hin wollte, in den Spezialunterricht.

Ich unterrichte nun schon zwei Jahre hier, in dem Dorf, in dem mein Vater aufgewachsen ist. Niemand sonst wollte diese Stelle. Für mich ist es eine grosse Chance. Nach meinen bisherigen Berufserfahrungen setze ich umso mehr alles daran, gute Arbeit zu leisten.

Die Begegnungen mit den Einwohnern von Plaffeien laufen immer im selben Muster ab: Auf die Begrüssung – „Salü" – folgt die Frage: „Va wöune Nühùusersch büsch de dù?" Die dörfliche Kultur, den Familiennamen Beinamen zuzufügen, ist mir kaum bekannt. Ich kann die Frage nicht beantworten, über unsere Familie weiss ich ja nichts. Nach einigen weiteren so verlaufenden Begegnungen frage ich die älteste Tante, Alice, nach unserem Beinamen. Stolz nenne ich diesen beim nächsten Treffen mit einem Einheimischen. Auf das Verschwinden des Lächelns, auf das weite Öffnen der Augen und auf das Zurückneigen des Oberkörpers meines Gegenübers bin ich nicht gefasst. Die Verabschiedung erfolgt schnell und kühl, lässt mich verwirrt zurück.

Nachdem sich diese Reaktionen einige Male wiederholt hatten, verschweige ich den Beinamen. Was ist mit unserer Familie? Was verbirgt sich hinter diesen Verhaltensweisen?

Es ist hier üblich, dass mich auch die Schüler duzen, obwohl ich sie immer wieder auf die Höflichkeitsform aufmerksam mache. Der Schulinspektor erkundigt sich danach anlässlich eines Schulbesuchs. Ich frage ihn, ob er im Oberland schon mal in einem Restaurant gewesen und ob ihm aufgefallen sei, wie man da begrüsst werde. Er ist etwas verwirrt, was ihm die Antwort erschwert. „Salü", sage ich, „so wie auf der Strasse, im Laden und sogar an Elterngesprächen." Von Amtes wegen beharrt er auf der Höflichkeitsform, sein Lachen jedoch zeigt Verständnis. Verunsichert bin ich trotzdem und bleibe es bis zum Wechsel des Schulinspektors, der vor kurzem stattfand. Anlässlich seines ersten Besuches sagt er lange nichts, dann ganz einfach: „Du machst das gut." Ich bin sprachlos. Das erste Mal seit der Ausbildung lobt ein Vorgesetzter meine Arbeit so offen. Es ist der Beginn einer langjährigen fruchtbaren Zusammenarbeit, die geprägt war von lösungs- und praxis-orientiertem Denken und Handeln. Mir öffnete dieses Lob den Zugang zu meinen Ressourcen. Am meisten lernte und lerne ich jedoch von meinen Schülerinnen und Schülern. Sie spiegeln gnadenlos, was ihnen entgegenkommt. Bei manchen dauert es lange, bis ich merke, dass ich genauer hinhören und genauer hinschauen muss, um das wahrzunehmen, was bei diesen jungen Menschen im Moment ist. Dann erst kann ich mich mit all meinen Möglichkeiten für sie einsetzen.

Wir feierten deinen Geburtstag das erste Mal nach langen Jahren in deinem Heimatdorf Plaffeien, wo ich nach den Sommerferien meine Stelle antreten sollte. Insgeheim hoffte ich, es würde dich ein wenig freuen. Deine Verbundenheit mit der Gegend ist ab und zu durch deinen Vorhang geschimmert. Wenn wir von Ausflügen berichteten und über Orte erzählten, hast du dich rege beteiligt und nachgefragt, wie es aussieht oder mit welchen Personen wir unterwegs waren, und hast überlegt, ob du sie noch kennst.

Nach der Geburtstagsfeier fragte ich dich, ob du dir mein Schulzimmer ansehen möchtest. Ich bemerkte dein kurzes Zögern, bevor du zustimmtest. An der Schwelle der offenen Eingangstür des Schulhauses bist du stehen geblieben, in den sich vor dir ausbreitenden Gang starrend, dein Atem stand kurz still. „Ich kann hier nicht rein. Das sieht immer noch so aus wie zu meiner Zeit", hast dich umgedreht und bist die Treppe wieder hinuntergeschritten. Du hast nie versucht, mich davon abzu-

halten, dort zu arbeiten. Und ich wollte meine eigenen Erfahrungen machen an dem Ort, der deine Gefühle immer wieder spaltete; hoffte, etwas von der Stimmung zu erspüren, die über diesem Ort und seinen Bewohnern lag, um so vielleicht einen Blick hinter deinen Vorhang erhaschen zu können.

Im Unterricht kommt mir das Grundgefühl des „Nicht-wichtig-Seins" zugute. Weil es mir damit meist gelingt, unangemessene Verhaltensweisen der Kinder nicht persönlich zu nehmen, kann ich oft genug Distanz wahren, um gegenseitigem Respekt den nötigen Raum zu geben und um meine Wahrnehmung für das, was jetzt gerade ist, zu verfeinern. Du weisst, wie wichtig mir Ehrlichkeit immer war. Ich verabscheute als Kind die falschen Spiele und schwor mir schon damals: „Sag, wie es ist." Trotzdem: war und bin ich nicht authentisch, reagieren die Schülerinnen und Schüler sofort. Welch ein Glück! Sie helfen mir damit in grossem Masse, meine Verhaltensweisen zu überprüfen und zu verändern und so die nötigen Schritte auf sie zugehen zu können.

Die Unruhe und das Unstete, die sich schon als Kind bei mir eingenistet hatten, schleudern mich zeitweise ganz schön durch die Welt. Was nach aussen hin meist den Anschein von plötzlichen Umwälzungen hat, ist stets die Folge von langwierigen Entscheidungsprozessen. Oft finde ich in diesen Zeitspannen nicht wirklich die Antwort auf die immer gleichen Fragen: Bin ich gut genug? Muss ich mir nicht noch mehr Mühe geben? War ich geduldig genug? Wie viel Schuld an der Situation trage ich? Habe ich ... verdient? Doch plötzlich – manchmal auch für mich überraschend und im ersten Moment verunsichernd – sind sie da: die Gewissheiten. Ja, ich muss die Stelle wechseln, weil ich hier nicht mehr weiter komme. Ja, ich muss umziehen, weil dieser Ort mir keine neuen Impulse mehr gibt. Ich breche immer dann aus, Pa, wenn ich anfange zu funktionieren und mich selbst dabei übergehe. Dann reichen Spaziergänge nicht mehr, dann braucht es grössere, umfassendere Bewegungen. Kaum je entwickle ich eine grössere Energie als in solchen Momenten – als müsste die Zentrifuge Ballast abwerfen. Ich bin ein heimatloser Wandervogel, der mit dem Älterwerden lernt, dass die Strecken auch kürzer und die Flugdauer den eigenen Bedürfnissen entsprechend eingeteilt werden dürfen.

Das, was da ist,
das Wort verhallt,
erstirbt,
geht unter
Die Hülle – so voll
abgeschottet
durch diese Mauer,
die unsichtbare,
die sich wehrende,
die verzweifelte,
verletzende
alles niederwalzende Fassade.
Auch Fassaden
reisst das Leben
zu seiner Zeit
ein.

Männer. Ich stülpe Männern noch immer dein Rollenbild über und beanspruche für mich selbstverständlich jenes, das ich als Kind erfahren hatte, jenes von Mutter eben. Und zwar mit allem, was damit verbunden war an Glaubenssätzen und Schuldgefühlen. Es braucht sehr viele Spaziergänge, bis wenigstens ein Teil davon auf der Strecke bleibt. Ich habe keinen Mann gekannt, der das, was mit dieser Rolle verbunden war, also alle Hausarbeiten, nicht sehr gerne angenommen hat. Keiner hat deswegen reklamiert. Schliesslich habe ich ja tolle Arbeitszeiten, die es ermöglichen, auch nachmittags um vier zu waschen, zu bügeln oder zu putzen, und selbstverständlich passe ich meine ausserschulische Ar-

beitszeit der Heimkehr des Mannes – wann auch immer diese ist – an, um das Essen vorzubereiten. So gelingt es mir, den Anschein zu erwecken, als wäre meine Arbeit, die berufliche ebenso wie die nicht-berufliche, so eine „by-the-way"- Kiste. Man weiss nicht, ist sie voll oder leer, da ist sie immer und deshalb auch selbstverständlich. Praktisch ist es. Und es funktioniert – für den Mann. Bis sich meine Zentrifuge in Gang setzt.

Die Gewissheit, allein zu sein, überwog in jeder Beziehung. Meine Unabhängigkeit zu bewahren war mir immer das Wichtigste. Auf die Lohntüte eines Mannes zu warten, kann ich mir nicht vorstellen und auch nicht leisten. Ich wusste schon immer: Wenn sich meine Zentrifuge zu drehen beginnt, muss ich gehen können, um meinen Raum wieder auszudehnen, um den Kloss, der in ihrer Mitte festhockt, wieder in Bewegung zu setzen. Ich will nicht schweigen! Nein, sag jetzt nicht wieder: „Mach einfach deine Sache!" und gib mir nicht zu verstehen, dass ich aushalten und funktionieren soll! Ich habe immer wieder und oft viel zu lang „ausgehalten" und „funktioniert". Seit der Ausbildungszeit veränderte sich meine Reaktion darauf nicht. Je länger „aushalten" und „funktionieren" andauern, umso mehr hauche ich mein Leben aus. Die Lebensfreude und der Lebensmut, den du mir mitgegeben hast, verdienen es, dass anders als so mit ihnen umgegangen wird. Denkst du nicht auch? Die Kraft der Zentrifuge ist ein veritabler Kraft – Akt, Pa. Ich habe die Beziehungen oder das Zusammenleben letztendlich jedoch immer beendet, weil mein Vertrauen missbraucht wurde und ich es nicht mehr aufbauen konnte. Erschreckt haben mich diese Erfahrungen nicht wirklich. Ich wusste ja, ich war allein, und zudem: Wo waren die Männer? Nicht wirklich da, wenn sie es hätten sein sollen – auch das hatte ich als Kind gelernt. Dass ich mit diesen Haltungen an den Trennungen nicht unschuldig bin, ist mir schmerzlich bewusst.

Die Ehe-, Hausfrauen- und Mutterrolle, auf die ihr mich so standhaft vorbereitet hattet, konnte ich unter eurem Rollenverständnis nicht wahrnehmen. Tatsächlich aber war es Mutter, die mir neben diesem traditionellen auch ein anderes Frauenbild vermittelt hat. Trotz deines steten Widerstandes gegen ihre ausserhäusliche Arbeit hat sie bis zur Pensionierung nie damit aufgehört. Als wir älter waren und sie in derselben Firma wie du eine Stelle fand, holte sie berufsbegleitend die Ausbildung nach, die sie als junge Frau abbrechen musste. Du warst verwirrt – ich war verwirrt. Auch wenn sie gegen aussen alles wie immer aufrechterhielt, deutete es doch einen Bruch in eurem gemeinsamen Wollen und Handeln an. Für mich wurden dadurch die Arbeiten zu Hause mehr. Es störte mich nicht. Ich habe Mutter für diesen Schritt bewundert.

Erdmännchen hüpft
noch immer
– um sie herum –
stupst sie
immerzu,
mal hier, mal da:
Siehst du's nicht?
rot – nein – grün
nein – blau
herrgott NEIN
Du Idiotin!
Guck endlich!
In dir ist
Farbensturm!

Anna. Seit kurzer Zeit wohne ich wieder in der Stadt. In der Wohnung finden sich trotz Renovation noch Überbleibsel ihrer Anfangszeit wie der kleine Küchenbalkon, der Bügel zum Verriegeln des Fensters oder der riesige hölzerne Wandschrank im Schlafzimmer. Die grossen, hellen Zimmer sind gemütlich eingerichtet. Vor dem Küchenfenster breitet sich eine Baumreihe aus, von wo aus der Gesang unzähliger gefiederter Bewohner den kindlichen Spieltrubel begleitet. Mit den Hausbewohnern trifft man sich zum kurzen Klatsch, zum Kaffeetrinken und Zeitungaustauschen.

An diesem Ostersonntag habe ich Tante Lena und Mutter eingeladen. Es gibt keinen Lift im Haus und so dauert es einen Moment, bis sie den 2. Stock erreichen. Nachdem die Mäntel ausgezogen sind, fragt Mutter:

„Besuchst du nächstens deine Patin?" Sofort werde ich hellhörig. Eine Absicht hinter einer solchen Frage ist so durchsichtig, wie bekannt. „Ich weiss noch nicht", erwidere ich angespannt, „warum?" „Du könntest dann auf dem Weg bei Eugen, der mit der Familie in den Ferien ist, anhalten und im Haus die Blumen giessen." „Nein, das kommt nicht in Frage!" Wut breitet sich in mir aus. „ Das mache ich nicht. Wenn du dich zum Blumengiessen aufgedrängt hast und dafür 200 km fahren willst, tu das. Es gibt auch dort, wo Eugen wohnt, Nachbarn, die das machen würden." „Also dann", schnaubt sie beleidigt. Ich fasse es nicht. Wie kann sie es wagen, gleich zu Beginn der Begegnung den Fehdehandschuh zu werfen? Drei Wochen lang höre ich nichts von ihr. Der Vorfall vom Ostersonntag ist mir nicht mehr präsent. Als ich sie anrufe, ist das Schmollen deutlich zu hören. Die Antworten sind knapp, schneidend und larmoyant. „Was ist los?", frage ich. „Nichts. Ist alles gut." „Wunderbar. Dann kann ich ja jetzt auflegen. Tschüss." „Tu nicht so blöd! Du bist eine Egoistin! Du schaust nur für dich! Wenn ich dich anschaue, sehe ich, dass meine Erziehung versagt hat!" Klatsch – der sitzt.

Mutter hat sich nach deinem Tod auch weiterhin an ihr heiles Familienbild geklammert. Erfüllten wir ihre Erwartungen nicht, sah sie es als ihr persönliches Versagen an und liess uns dies auch weiterhin spüren, durch Leiden – wie schon seit jeher. Die damit verbundenen Schuldgefühle und jene des Nicht-wert-Seins waren oft erdrückend. Hast du das nie gemerkt? Ich suchte mehrmals das Gespräch mit ihr. Sie hatte doch bestimmt gute

Gründe für ihr Verhalten. Das erste Mal endete mit Tränen und Selbstmitleid. Einige Jahre später versuchte ich es erneut. Am Tisch sitzend sagte sie: „Du willst reden, also sag, was du zu sagen hast!" Natürlich merkte ich, dass sie nicht wollte, fing wie das trotzige Kind dennoch an. Nach wenigen Sätzen sah ich sie fragend an. „Hast du jetzt alles gesagt?" „Ja Mutter, ich habe alles gesagt", entgegnete ich niedergeschlagen. Wieder Schweigen.

Die Ewigkeit braucht mich?
Ja,
ohne mich wüsste niemand,
dass es sie gibt.
Sie hätte keinen Namen
und niemand,
der ihren Raum wahrnimmt
und die Zeit, während der
ich sie mir vorstelle
und in sie einzutauchen scheine,
könnte ich nicht erinnern –
den Moment
oder die Minuten,
die Uhr mir nachher anzeigt.
Kostbare Zeit – kostbarer Raum.
Momente der Fülle.
Immer

Das Gefühl, dass Mutter mich ablehnte, weil mein Tun nicht ihren Vorstellungen entsprach, hielt an. Bemerkungen dazu peitschte sie mir immer wieder entgegen. Es gab Momente, Pa, in denen ich sehr nahe daran war, den Kontakt zu ihr völlig abzubrechen. Schlussendlich hielten mich Gespräche mit Freundinnen, die mir andere Sichtweisen vermitteln konnten, davon ab. Ich brauchte immer wieder Distanz, manchmal Wochen oder Monate, um den Zugang zu ihr wieder zu finden. Das Verletzt-Sein brodelte nicht mehr, aber es lag auf der Lauer. Diese Auszeiten waren auch noch nötig, als sie krank wurde. Ihre Erwartungen lösten noch immer so grossen Druck und Schuldgefühle aus, dass ich sie ohne diese Pausen nicht mit ehrlicher Empathie hätte pflegen können.

Je weiter Mutters Krankheit fortschritt, umso mehr gelang es ihr, den Druck bei meinen Brüdern und mir zu erhöhen. Wir sind darüber hinweggegangen wie über den Stacheldrahtzaun auf der Bergweide, weil wir sie bis zum Ende unterstützen, begleiten und für sie da sein wollten. Sie jedoch liess es kaum zu. Es gab für Peter und mich keine Milde des Todes. Mutter nahm ihre Ablehnung uns gegenüber mit in die andere Welt. Strafe – nochmal, keine Absolution. Vergebliches Hoffen – erneut. Sie blieb sich treu bis zum Schluss und wartete mit dem Sterben auf die Anwesenheit des ältesten Sohnes.

Sie konnte halt nicht anders – sagst du? A bah – schmunzelst du? Du schmunzelst?? Wie kannst du dich so über meine Gefühle hinwegsetzen? Wie kannst du immer noch erwarten, dass ich schweige und aushalte? Ja, du hast es getan – ich weiss das. Mag dir diese Strategie das Überleben erleichtert haben, ist sie vielleicht im Laufe der Jahre zur Gelassenheit geworden – oder doch zu Resignation? – so hat sie dich doch gleichzeitig so viel Lebenskraft gekostet, dass du viel zu früh gestorben bist.

Nein Pa, so weit bin ich noch nicht – mit dem Schmunzeln. Du hast dir die letzten Jahre, wo auch immer du warst – wetten nicht dort, wo dein Grabstein stand – diese Gelassenheit aufbauen können, oder hast du sie vielleicht doch schon in den Tod mitgenommen? Es war vollbracht und du warst müde. So weit bin ich noch nicht. Müde ja, vom Wandern und Fliegen manchmal, sehr. Aber vollbracht ist es nicht. Die Verletzungen sind mit dem Schreiben nicht verschwunden, einige geringer geworden, andere flogen mir durch die Erkenntnis mit voller Wucht vor die Füsse, lächelten triumphierend, weil sie endlich mein Gesichtsfeld erobert hatten. Ich will aber das Gepäck, das nie mir gehört hat, das mir übergestülpt wurde, nicht weiter tragen.

Deine Hand auf meiner Schulter hat oft ermutigt, Kraft gegeben, das Weitermachen unterstützt. Ich kann jedoch nicht sagen, dass die Knüffe und das Schmunzeln, mit denen du dich immer wieder bemerkbar machtest, mich angenehm berührt sein liessen. Du machtest mich wütend: Ich stand unter dem Wasserfall und du, passionierter Feuerwehrmann, liessest den Schlauch mit einem schelmischen Lachen und einem Lied auf den Lippen durch die Luft tanzen. Das ging mir zu schnell.

Ich hoffe, dass die Zeit kommen wird, da meine Wut sich so weit legt, dass ich mich, neben dir stehend, über die im Licht glitzernden Wassertropfen von Herzen freuen und mit dir singen kann.

Im Leben wurdet ihr oft genug als Taugenichtse behandelt, doch ihr hinterlasst uns ein Lied!

Man sagt
er tauge nichts,
doch singt die Nachtigall
dem Taugenichts
ihr Lied.

Die andern hören's nicht...
Darum ge-hört dem Taugenichts,
was ihm der Wind verspricht,
auch wenn er nichts be-sitzt,
gehört ihm – Aberwitz
ein Lied.

Els Jegen

Mein Vater und seine Geschwister haben ihr Leben ohne fremde Hilfe gemeistert. Sie arbeiteten hart und versorgten mit ihren Partnern ihre Familien. Wir Kinder litten keinen physischen Mangel, konnten alle einen Beruf erlernen und stehen auf eigenen Füssen. Dafür taten sie alles, sie haben all' ihre Möglichkeiten ausgeschöpft! Nach den Erlebnissen und Erfahrungen ihrer Kinder- und Jugendzeit hätten sie verzweifeln und sich aufgeben können. Sie taten es nicht. Sie kämpften um ihr Leben. Sie verdienen dafür Respekt und Anerkennung. Und wir als Nachkommen verdienen es, dass das Unrecht des Schweigens und Stigmatisierens beendet wird. Dass wir durch das Wissen um unsere Geschichte unser Leben vorurteilsfrei meistern und unseren Eltern mit einem Lächeln den Dank aussprechen können, den sie verdienen.

Ich danke dir, Lena, für dein Vertrauen, für deine Geschichte, die mir auch den Zugang zu meiner ermöglicht hat, für deinen Mut und deine Kraft, den Dingen ins Auge zu sehen und immer weiterzugehen. Du trägst dein Schicksal mit einer Würde, die mich sehr beeindruckt und tief berührt. Du bist da – du warst immer da – viel von dir wird immer bei mir sein.

Ich danke dir, Els, liebe Freundin, für deine treffenden Worte, die du mir zur Verfügung gestellt hast, für deine unschätzbare Aufrichtigkeit und Klarheit in unseren Gesprächen und ganz besonders für deine schelmischen Augenwinkerer.

Für die Begleitung und Unterstützung danke ich auch: meinen Brüdern, Monika Kopp, Marie-Therese Lottaz und José Lopez.

Gedichte von Els Jegen (38, 42, 48, 55 und 106) aus:

Els Jegen, Über den Wassern träumen Sternfrauen, Bern 2002

www.els-jegen.ch

Eigene Gedanken

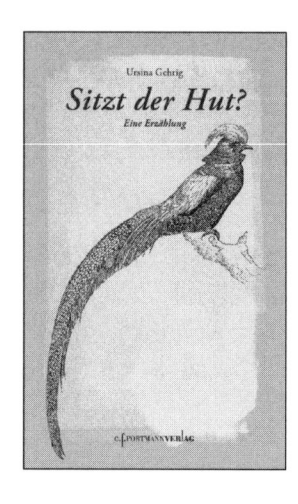

Ursina Gehrig

Sitzt der Hut?

Eine Erzählung

Hardcover, 184 Seiten
ISBN: 978-3-906014-23-4
CHF 26.80 € 21.40

Erzählt wird die Geschichte einer Mutter in einer spannungsvollen Zeit. Ein freudiger Aufbruch, der über jähe Abstürze hinweg das Leben der jungen Frau mitunter zu einer Gratwanderung werden lässt. Aus dem Voralpenland gelangt Klara in die Stadt Zürich, wo ihr keine Schwelle zu hoch und nichts so erstrebenswert wie das Zürcher Bürgerrecht ist, das sie und ihre heranwachsende Familie in den fünfziger Jahren erwirbt.

Klaras Gatte, Sohn eines Engadiner Zuckerbäckers aus dem ostpreussischen Königsberg (heute Kaliningrad, Russland), ist nach dem Ersten Weltkrieg als Auslandschweizer mit Kriegserfahrung in die Heimat zurückgekehrt. Seine überbordende Energie lässt ihn die höchsten Gipfel der Schweizer Alpen erklimmen, seine Maxime heisst: aufwärts.

Ursina Gehrig zeichnet ein Lebensbild aus Erinnerung und Fiktion und entdeckt anhand von alten Dokumenten im Überseekoffer, dass sich vieles, was sie ihrer Fantasie zuschrieb, wirklich zugetragen hat.

Ger Peregrin

Ich blicke zurück ...
Ich denke zurück ...
Bilder und Texte von gestern

Hardcover, 132 Seiten,
60 s/w Fotografien
ISBN: 978-3-906014-21-0
CHF 29.00 € 23.60

Ein Bild sagt mehr als tausend Worte ... Stimmt das?
Wenn es stimmt, was sollen dann die Bildlegenden, diese meist knappen Sätze, die das Bild offenbar erklären oder ergänzen? Ein Bild sagt mehr als tausend Worte. Aber selbst die besten Illustratoren sind unfähig, diesen Satz, diese in Worte gefasste Aussage in einem Bild wiederzugeben.
Das Bild ist eben oft bloss Chiffre, Signal, Code, mit dem man die kompliziertesten, schönsten, schrecklichsten Geschichten, Ansichten, Einsichten, Wahrheiten aus unserem Gedächtnis abrufen, den Ahnungslosen ins Bild setzen, den Unkundigen erzählen kann. Nun heisst es allerdings Bildlegende, nicht Bildwahrheit, und Legenden haben nicht gerade den Ruf, es mit der Wahrheit genau zu nehmen.
Die Bilder in diesem Buch sind wahr, soweit Bilder eben wahr sein können, und die Texte dazu sind wahr, soweit Texte wahr sein können.
Wahre Geschichten, ausgelöst durch wahre Bilder, mal lapidar kurz, mal ausführlicher.

Irene Senn

Die zwei schwarzen Kleider meiner Grossmutter

Hardcover, 360 Seiten,
ISBN: 978-3-9523722-2-7
CHF 39.00 € 29.00

1874 geht das Leben auf dem kleinen bäuerlichen Anwesen seinen gewohnten Gang. Selbst als Sophie mit ihrer Ankunft im selben Jahr die Familie vergrössert, wird der Tagesablauf nicht wesentlich verändert. Naiv und unerfahren stolpert sie nach Ende der Schulzeit als Dienstmädchen in eine ihr völlig fremde Welt. Beeindruckt und verunsichert zugleich begreift sie schnell, dass Wohlstand und gutes Benehmen nicht immer aus derselben Quelle sprudeln. Als Zimmermädchen in einem Hotel der Nobelklasse erhält sie Einblick in das glanzvolle Leben der Hotelgäste. Absolute Verschwiegenheit sowie ein höflich distanziertes Verhalten den Gästen gegenüber sind Pflicht. Sie hält sich daran, auch bei jenen Damen, die sie als Zielscheibe für ihre Schikanen benutzen. Diese gnädigen Herrschaften geben ihr andererseits oftmals Anlass zur Schadenfreude, die sie heimlich auskostet. Jung und unbeschwert sorgt sie für heitere Situationen, ohne an mögliche Gefahren zu denken. Mit einunddreissig Jahren heiratet sie und beschliesst, ihrer Familie ein besseres Leben zu ermöglichen. Dieses Ziel, so scheint es, rückt am Anfang immer näher, doch dann wendet sich das Glück von ihr ab. Mutig kämpft sie, um es zurückzuholen. Umsonst. Bereits im fortgeschrittenen Alter entschliesst sie sich zu einem folgenschweren Verzicht.